小學文言文解讀策略

高階篇 1

梁美玉 著

新雅文化事業有限公司
www.sunya.com.hk

作者序

讓文言文學習變得有趣、好玩

「一說起文言文就感到害怕……」為什麼害怕？因為看來太陌生、難懂，像外星人的語言。

要是有個翻譯文言文的隨身翻譯器，那該多好啊！

好，我們就一起發明一個「內置式文言翻譯器」吧！動手發明前，我們先想想，為什麼要學文言？

學習文言文是通往古代文化菁華的橋樑，這座橋樑引領我們欣賞古代作家的生花妙筆和真知灼見，如孟子的巧用譬喻、李白的奇思妙想、司馬遷的刻畫入微等。通過這座橋樑，可讓我們了解古代的社會風貌，包括風俗節慶、自然風光等，猶如一次次穿越古今的時空之旅，大大拓寬了我們的文化視野；古人的情操也薰陶了我們的品德，如《曾子殺豬》以身作則的教子方法、《二子學弈》專心致志的重要、《白雪紛紛》熱愛自然的雋永對談等。

了解到學習文言文的益處後，該如何入手呢？

《小學文言文解讀策略》這一套四冊的小書希望能為初接觸文言文的學生提供入門裝置——閱讀文言文的七個法寶，書中的三位主角帶着這七個法寶執行五十個解讀古文的任務，使大家掌握解讀文言文的基本方法。書中雖附有各篇古文的白話語譯，但希望大家先不要依賴譯文，嘗試跟隨三位主角的步伐，循序漸進地使用七個法寶，煉成一個「內置式文言翻譯器」。

這五十個任務來自香港教育局課程發展處選編、建議小學生閱讀的文言篇目，這些值得細味的文言作品在這套小書中按深淺程度和主題內容重新編排成不同章節，每個章節後設有小總結，從內容、文言知識和品德學習三方面鞏固所學。每一冊的最後設有「我的感想」，讓讀者記下完成古文任務後的感想和心得。閱讀是一個值得與人分享的活動，讀者可以和你們的同學、朋友、老師和家長說說古人的有趣故事、由任務引發出來的無窮想像和個人見解，並向他們介紹學習古文的心得。

好了，任務要開始了！衷心希望讀者們順利完成這五十個任務後，帶着「內置式文言翻譯器」繼續探索古文世界，使自己學問和思想都收穫豐碩。

梁美玉

推薦序 1

授人以魚不如授人以漁

「古文等於沉悶」是普遍人的固有思維，梁美玉女士敢於接受挑戰，推廣古文，實在令我欽佩，她又是敝校的畢業生，這更令我引以為傲！

作為一位教育工作者，我深明推廣古代漢語的困難，實在是舉步維艱，深信此書能承先啟後，成為普及讀物，令學生越來越喜歡古文。

一本普及讀物必須具備以下三個條件：趣味性、知識性及實用性。

《小學文言文解讀策略》系列，作者以「趣味」入手，引起讀者學習的興趣。作者以故事的形式介紹古文，讀者和主角——文文、言言及古生物趣趣博士一起，利用書中的法寶（文言翻譯七式），完成一個個任務，趣味盎然。

《小學文言文解讀策略》系列亦極具知識性，作者所收錄的古文，跨越千古，由先秦諸子到明清古文，篇章內容包括作者介紹、文章譯文、文言常識及內容反思等。

學習古文的難點是現代人難以明白古代漢語，授人以魚不如授人以漁，作者在本書介紹了七種翻譯古文的法寶，讀者可以學以致用，去詮譯不同篇章。

《小學文言文解讀策略》系列適合不同年級的學生。其故事性適合初小學生作入門讀物，高小學生及中學生可以應用文言法寶，解讀艱澀的文章。古籍承載祖國文化，提升個人的修養內涵，我誠意推介這套兼具趣味性、知識性及實用性的作品！

中華傳道會許大同學校　**王少超校長**

推薦序 2

日常用語裏文言蹤影處處

我出身草根，幼時長輩動不動便發惡言，讀小學後才知道叔父那句是「不知所謂」；讀大學後才知母親那句是「縱慣滋勢」；驚覺在下原來自幼沉浸於華夏文化，在文言氛圍中長大。

《左傳．宣公十二年》及《史記．留侯世家》分別有「桓子不知所為」、「呂后恐，不知所為」句，本意是不知怎麼做才好，化成「不知所謂」，是指對方所說的話或做的事敷衍塞責、意義不明，跡近無聊荒謬、怪誕騎呢，不能達成一角色或一部門或其上層，應達成目標、應發揮職效。

「縱慣滋勢」雖不是成語卻易解，今日亦說「畀人縱慣」。縱慣文言作「慣縱」，元．白樸《梧桐雨．第二折》：「慣縱的個無徒祿山，沒揣的撞過潼關」，指嬌寵、縱容。「滋勢」是滋長勢力，造成安史之亂。

五四新文化運動後，香港是保留文言文閱讀以至日常應用的重鎮，我一代中文中學生，篇篇文言文要全篇背默，不合格要留堂補默，但我班多年未留一人。當時又有周記要交，為了短寫快辦，開始滲入文言句。有一回剛學完柳宗元《遊黃溪記》，全篇用文言仿作《遊老龍石澗記》鬧着玩，未見老師動怒，便保留此種遊戲心態至今。其實自知讀寫文言文能力完全未及水平，譯解時常出錯，只靠翻查網料充撐。如果當年有梁美玉小姐《小學文言文解讀策略》一書，幫我對精選短文進行實地考察、全面解讀，學好文言要識，與同學邊喝邊聊，堅持反思學習，在下便更可自倘佯於美妙的文言世界中了。

資深中文科主任　**彭玉文老師**

角色介紹

趣趣

一隻聰穎、健談的古生物。牠的祖先是侏羅紀晚期的彩虹龍屬近鳥類恐龍，化石發現於中國河北省東部，屬於近鳥龍科。有一位科學家把化石重新孵化，結果這種生物得以在地球重生。由於祖輩和中國有深厚的淵源，趣趣熱愛中華文化。

文文

小學五年級學生，在學校擔任中華文化大使。性格活潑開朗，愛開玩笑，喜歡天馬行空的幻想，平日喜愛寫作，希望長大後成為網絡小說家。

言言

小學五年級學生，在學校擔任中華文化大使。談吐溫文，喜愛思考，愛玩動腦筋的遊戲，如圍棋、象棋等。

故事引入

一天，科學家交給趣趣一個破解 **50 篇文言文**的任務，並給牠時光機器和各式法寶，讓牠開展探索之旅。

趣趣在地圖上看到「**彩虹邨**」三字，靈機一動，估計在那裏可以找到同類（彩虹龍屬的後代）幫忙。

乘着時光機器，牠在彩虹邨降落，走進了邨內一所小學，牠結識了正在做「齊學文言文」壁報的學生——文文和言言。三人一見如故，成為了志同道合的好朋友。

為了幫助趣趣完成科學家交給牠的任務，三人定下了「**每周之約**」——每星期聚會一次，運用時光機器及各式法寶，結伴同遊古文世界！

任務的難度層出不窮，我們這次會用上新法寶嗎？

文文、言言，有十三個新任務等着我們去破解呢！我們出發吧！

破解古文的任務十分刺激，令人欲罷不能！

法寶介紹

趣趣身上有七件幫助解讀文言文的法寶，各有用途！一起來看看吧！

法寶名稱：**保留噴霧**

功用：一噴就能保留古代的人名、地名等，以及與現代意義相同的詞語。

法寶名稱：**擴詞器**

功用：古代以單音詞為主，它把單音詞擴展為雙音詞，使我們更易明白。

法寶名稱：**替換槍**

功用：對準文言文發射，即把古代特定用法的字詞變成意思相等的現代用詞。

法寶名稱：**音義魔箭**

功用：能針對一字多音的現象，一箭選出準確的意義。

法寶名稱：**增補黏土**

功用：自動找出省略了的句子成分，給予填補，使句意易於理解。

法寶名稱：**刪減斧**

功用：自動刪除句子中不需要翻譯的部分，使我們解讀時更輕鬆。

法寶名稱：**調整尺**

功用：重組文言文中語序和現代不同的句子，使我們解讀時更準確。

目錄

第二章　立身處世

第三章　奇聞故事

第一章

勤學有功

任務 1　二子學弈　孟子

實地考察

噢！這個星期我們又回到春秋時代！你們看，那邊有一個好像是老師的人，正在教導兩個小孩。

對啊，那位老先生好像在指導他們下圍棋。真想看看那時下圍棋的方法和現在的有沒有不同。

言言，你喜歡下圍棋，這次真是機會難逢，那位是春秋時代著名的棋藝高手！

真的，言言，你要好好偷師啊！

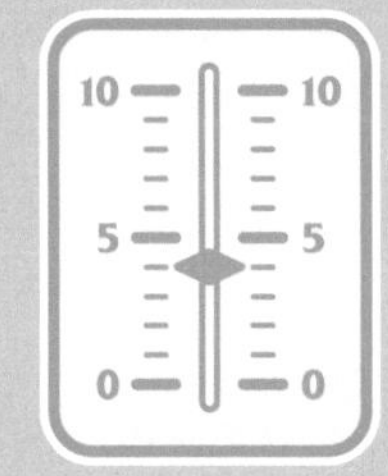
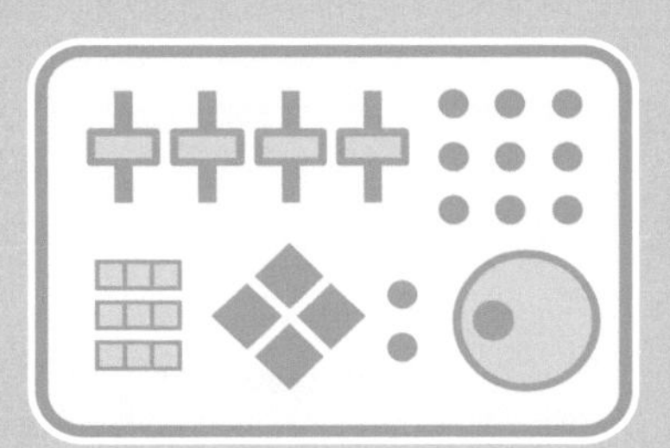

那位老師的兩個學生下棋，究竟誰的棋藝更勝一籌？

待會你就知道，我們一邊看他們下棋，一邊破解這次的任務《二子學弈》，大家準備出發吧！這次除了**擴詞器**、**保留噴霧**和**替換槍**外，我還帶備了一些新法寶——**音義魔箭**和**調整尺**！

有新法寶？實在太好了！《二子學弈》的作者是孟子，我們在之前的任務讀過他的作品，這篇文章應該不是單純敘述事件，而是借事件來說明道理。

文文說得頭頭是道，我們去看看就知道了！

二子學弈[1]

孟子

弈秋[2]，通國[3]之善弈者也。使弈秋誨二人弈，其一人專心致志，惟弈秋之為聽。一人雖聽之，一心以為有鴻鵠[4]將至，思援[5]弓繳[6]而射之，雖與之俱[7]學，弗若之[8]矣。為是[9]其智弗若與？曰[10]：「非然[11]也。」

解讀提示

保留噴霧：弈秋，翻譯時保留此詞。

替換槍：
- 「善」是「善於」的意思。
- 「使」是「讓」的意思。

擴詞器：「誨」擴展為「教誨」。

調整尺：「惟弈秋之為聽」的語序和現在的不同，「弈秋」放在動詞「聽」之前，是為了強調賓語「弈秋」。調整後即「只聽弈秋的（話）」。

一字多音：為、與（詳見第21-22頁）

指示代詞：是、然（詳見第22頁）

音義魔箭：「弗若與」的「與」是「嗎」的意思。「與」粵余 普yú

注釋 

① **弈**：下棋。「弈」 粵 亦 普 yì

② **弈秋**：一位名叫「秋」的棋藝高手。中國古代的稱謂有一個特點，習慣把掌握某些技藝的人，在他的名字之前冠以其職業名稱。

③ **通國**：全國。

④ **鴻鵠**：俗稱天鵝。「鵠」 粵 酷 普 hú

⑤ **援**：以手牽引、握持。

⑥ **弓繳**：繳，有絲線繫在桿尾的箭，射鳥用。箭桿上因有絲繩，飛出時絲繩會作圓周擺動，能纏繞飛鳥，以便捕捉。弓繳即是弓箭。「繳」 粵 酌 普 zhuó

⑦ **俱**：共同、一起。

⑧ **弗若之**：之，代詞，「他」的意思，指那個專心致志的人。這句的意思是不如那個專心致志的人。

⑨ **是**：指示代詞，「這」的意思。

⑩ **曰**：答道。後面的「非然也」三字，是作者自問自答的話。

⑪ **非然**：然，指示代詞，「這樣」的意思。全句指不是這樣。

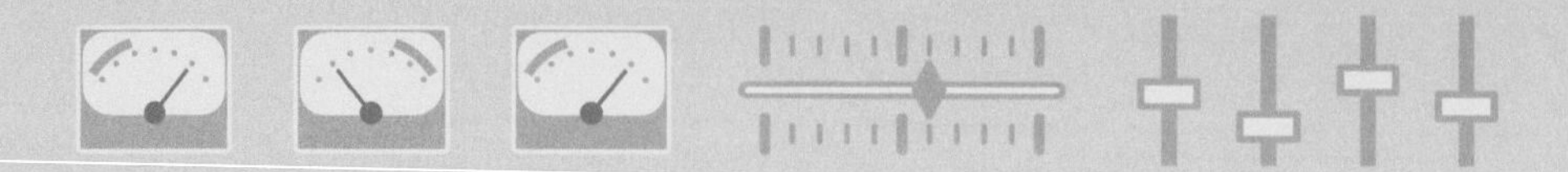

全面解讀

二子學弈　　孟子

弈秋是名聞全國善於下棋的高手。他教兩個人下棋，其中一個專心致志，只聽弈秋的講授；另一個雖然表面在聽，但心裏總是想着外面可能會有天鵝飛過，盤算着如何挽弓射牠。雖然他與那位專心的人一起學棋，但學得不如專心的那位了。這是因為他的智力不及別人嗎？（作者）答道：「不是這樣的。」

這篇文章說明**做事要專心一意**，如果三心兩意，肯定做得不好。

孟子用具體生動的故事來說明抽象的道理，特別有說服力！

文言要識

一字多音：為

在本系列中階篇的《買櫝還珠》裏面，我們認識了「為」是個多音字，不同的讀音代表不同的詞性和意思：

	字音	詞性	意思
為	粵 圍 普 wéi	動詞	1. 做、製作 2. 成為、變成 3. 是
		助詞	用在句中，起提前賓語的作用
	粵 惠 普 wèi	介詞	1. 給、替 2. 因為、為了

在《二子學弈》中，「惟弈秋之為聽」的「為」（粵 圍 普 wéi）是助詞，起提前賓語的作用。「惟……之為聽」即「只聽……」，全句的意思是：「只聽弈秋的話。」

此外，「為是其智弗若與？」的「為」（粵 惠 普 wèi）是介詞，解作「因為」。全句的意思是：「這是因為他的智力不及別人嗎？」

「為」字變化多端，閱讀文言文時要特別留意啊！

一字多音：與

「與」是個多音字，不同讀音代表的詞性和意思包括：

	字音	詞性	意思
與	粵雨　普yǔ	連詞	和
	粵預　普yù	動詞	参與、與會
	粵余　普yú	語氣詞	通「歟」，相當於「嗎」

在《二子學弈》一文中，「雖與之俱學」的「與」（粵雨　普yǔ）是「和」的意思，指不專心的那個學生和專心的那位一起學習。

「為是其智弗若與？」這一句的「與」（粵余　普yú）通「歟」，是疑問語氣詞，相當於「嗎」。全句意思是：「這是因為他的智力不及別人嗎？」

指示代詞：是、然

在本系列中階篇的《陋室銘》一文中，我們認識了文言指示代詞，例如「斯」、「是」都可解作「這」。

在《二子學弈》裏面，「為是其智弗若與」、「非然也」這兩句中，「是」和「然」都是指示代詞，「是」相當於「這」，而「然」是「這樣」的意思。

邊喝邊聊

中國古代流行哪些棋類活動？

趣趣博士，我們剛看過春秋時期的人玩圍棋，其實古代流行哪些棋類活動呢？

古人喜歡考智力的棋類，例如圍棋、象棋等。

圍棋的歷史最為悠久。早在先秦時期已流行下圍棋，到了漢、唐，甚至元、明、清幾代，圍棋還是盛行不衰。

圍棋的難度較高，用智較深，主要在上層貴族階級中流行。象棋的規則比圍棋的簡單，因此它能比圍棋普及，上至王公貴族，下至平民百姓，都很喜歡玩象棋。這種棋藝活動由唐代的寶應象棋演變而來，至宋時已建立了固定的玩法，至今仍十分盛行。

除了圍棋和象棋，古代還有六博、塞戲、格五、彈棋、雙陸、樗蒲、五木等棋類。這些棋類在中國古代的不同時期曾風行一時，有的更曾傳到印度去呢！

反思學習

1. 專心做事有什麼好處？不專心做事又有什麼壞處？試結合你的生活經驗說一說。
2. 你有什麼方法讓自己學習時更專注？
3. 如果你鄰座的同學上課不專心，你會怎樣勸誡和幫助他？

任務 2 為學（節錄） 彭端淑

實地考察

趣趣博士，我們身處哪兒？前面有兩個出家人，不知他們在談論什麼？

言言，這裏是古代的四川。那兩位僧人是這次任務的主角，他們好像在討論去南海的方法。

到南海？當然是坐船。

這使我想起唐三藏取西經的故事，取經路途險阻重重，情節引人入勝。

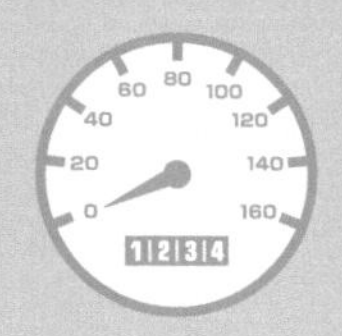

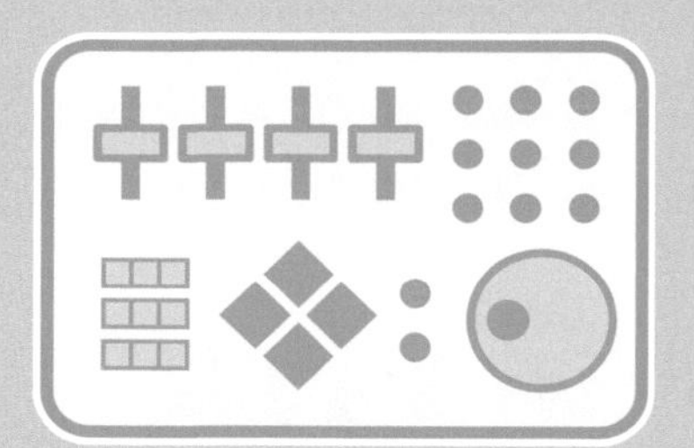

古代的交通沒有現今的發達，既沒有汽車、鐵路，也沒有輪船、飛機，只有簡陋的交通工具。

對啊，水路交通最發達的時期應是明代鄭和下西洋時，明成祖命他率領由二百四十多艘船、二萬七千四百名船員組成的龐大船隊遠航，拜訪了三十餘個位於西太平洋和印度洋的國家和地區。

別越說越遠了。我們這個星期要破解的是清代彭端淑的《為學》。「為學」就是做學問的道理，跟這兩位僧人有什麼關係？

我們拿着法寶過去看看，就會水落石出了！

為學（節錄）

彭端淑

蜀[1]之鄙有二僧：其一貧，其一富。貧者語於富者曰：「吾欲之南海[2]，何如[3]？」富者曰：「子何恃[4]而往？」曰：「吾一瓶一缽[5]足矣。」富者曰：「吾數年來欲買舟[6]而下，猶[7]未能也，子何恃而往？」越[8]明年，貧者自南海還，以告富者，富者有慚色。西蜀之去南海，不知幾千里也，僧之富者不能至，

解讀提示

一詞多義：之
（詳見第29-30頁）

替換槍：「鄙」換成「邊境」。

擴詞器：「貧」擴展為「貧窮」。

音義魔箭：「語」是「告訴」的意思。「語」粵 預 普 yù

保留噴霧：南海，翻譯時保留此詞。

替換槍：「子」是代詞「你」的意思，此指貧窮的僧人。

增補黏土：「曰：『吾一瓶……』」的「曰」字前面補上省略了的主語「貧者」。

一詞多義：去
（詳見第30頁）

而貧者至之。人之立志，

顧[9]不如蜀鄙之僧哉？

解讀提示

替換槍：「哉」換成「嗎」。

注釋

① **蜀**：四川。
② **南海**：即今浙江省定海縣海中的普陀山，中國佛教聖地之一。
③ **何如**：怎麼樣？這裏有商量的語氣。
④ **恃**：憑藉。
⑤ **缽**：和尚盛食物的用具。「缽」 粵 撥3 普 bō
⑥ **買舟**：僱船。
⑦ **猶**：尚且。
⑧ **越**：及，到了。
⑨ **顧**：反而，卻。

全面解讀

為學（節錄）　　彭端淑

四川的邊境有兩個和尚，其中一個貧窮，其中一個富裕。窮和尚對富和尚說：「我想到南海去，你看怎麼樣？」富和尚說：「您憑藉着什麼去呢？」窮和尚說：「我只需要一個盛水的水瓶，以及一個盛飯的飯碗就足夠了。」富和尚說：「我幾年來想要僱船沿着長江而下（去南海），尚且沒有成功。你憑藉着什麼去呢？」到了第二年，窮和尚從南海回來了，把自己到過南海的這件事告訴富和尚，富和尚的臉上露出了慚愧的神情。四川距離南海，不知道有幾千里路，富和尚不能到達，可是窮和尚到達了。一個人立志求學，難道還不如四川邊境的那個窮和尚嗎？

這個故事告訴我們只要**立定志向，有克服困難的勇氣**，就能取得成功。

對啊，我們不要被條件所局限，憑着**恒心**和**毅力**，就能克服困難。

文言要識

一詞多義：之

「之」是文言文裏的常用詞，帶有多項意義：

	詞性	意思
之	第三人稱代詞	他、她、牠、它、 他們、她們、牠們、它們等
	指示代詞	這，此
	助詞	相當於現代漢語的「的」
	動詞	往，到……去

看看《為學》一文中「之」的用法：

1. 蜀之鄙有二僧。
2. 人之立志，顧不如蜀鄙之僧哉？

這兩句的「之」都作助詞用，相當於「的」。

3. 吾欲之南海，何如？

這句的「之」作動詞用，「往」的意思。

4. 僧之富者不能至，而貧者至之。

這句「至之」的「之」作代詞用，指「南海」。

考考你，本系列初階篇《曾子殺豬》裏面，「曾子之妻之市」一句的兩個「之」字是什麼意思？（答案見第 140 頁）

一詞多義：去

「去」在文言文裏身兼多種意思，以下是幾種常見的用法：

	詞性	意思
去	動詞	1. 前往 2. 離去、離開 3. 距離 4. 去掉、捨棄
	形容詞	過去的，如「去年」

在《為學》一文中，「西蜀之去南海，不知幾千里也。」這句的「去」是「距離」的意思。全句指四川距離南海很遙遠。

邊喝邊聊

僧人真的會越洋過海取經？

《西遊記》記述唐三藏取西經，現實中僧人真的會越洋過海取經嗎？

佛教起源於印度，大約在兩漢時傳入中國，當時漢代與西域通商，佛教沿着商貿之道開始傳入中國。

為了求取佛法，僧人不惜長途跋涉、冒生命危險前往印度。東晉的法顯大師是西行求法的第一人。為了求取佛教律典，年屆六十多歲的法顯大師憑着勇氣和毅力，經過十五年，歷遊二十餘地之後，翻山越嶺，克服雨雪風暴，把梵本佛經帶回中土，並且寫成《佛國記》一書。

至於《西遊記》中帶領徒弟到西天取經的唐僧，在歷史上確有其人，他是唐朝的高僧，號稱玄奘法師。他徒步十多萬公里，用了十七年遠赴印度取經，表現出過人的毅力。

反思學習

1. 長得高大的人在運動方面一定比別人優秀嗎？生在音樂世家的人是否一定會在音樂方面比別人優秀呢？為什麼？
2. 家境較好的人較容易在學業上取得佳績嗎？為什麼？
3. 你在學習上有什麼目標？在完成這個目標的過程中，你遇到什麼困難？可以怎樣克服呢？

任務 3　一年之計　管子

實地考察

文文，你這本筆記本很漂亮呢！

謝謝讚賞！這是媽媽買給我的日誌，可以記下每日要做的事情、有什麼特別日子等等。我正在寫下大家的生日。

換上新的日誌，代表新的一年要開始了。文文，你趁這個機會定下一年的目標吧！

趣趣博士，新一年你有什麼目標？

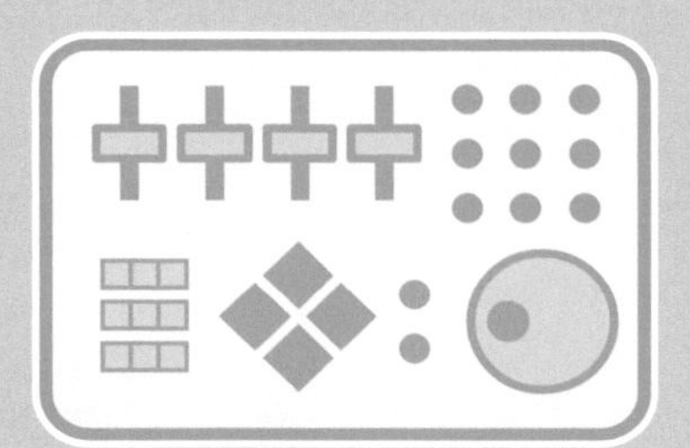

我希望能順利破解五十個古文任務。你們呢？

我希望自己各方面都有進步，並且改掉懶惰和拖延的壞習慣。

爸媽說我平日缺少運動，身體不夠健康。我希望能養成定期做運動的習慣。

文文、言言，你們的目標都很好！古人同樣重視計劃，愛惜光陰。所謂「一年之計在於春」，我們馬上行動，帶上**擴詞器**和**替換槍**，去了解一下古人如何規劃人生吧！

一年之計　管子

一年之計，莫如[1]樹穀[2]；十年之計，莫如樹木；終身之計，莫如樹人[3]。一樹一穫[4]者，穀也；一樹十穫者，木也；一樹百穫者，人也。

解讀提示

擴詞器：「計」擴展為「計劃、規劃」。

替換槍：「樹」作動詞用，是「種植」的意思。

擴詞器：
- 「木」擴展為「樹木」（名詞）。
- 「穫」擴展為「收穫」。

詞類活用：樹 （詳見第 36 頁）

文言虛詞：者 （詳見第 36 頁）

注釋

① **莫如**：不如，是指對事物的不同處理方法的比較選擇。這裏指最好、比不上。

② **樹穀**：種糧食。

③ **樹人**：栽培人才。

④ **一樹一穫**：種植一次便收穫一次。

全面解讀

一年之計　　管子

要為一年作打算，最好種植莊稼；要為十年作打算，最好種植樹木；要為長遠打算，最好栽培人才。種植莊稼，種一次有一次的收穫；種植樹木，種一次有十次的收穫；培養人才，栽培一次卻可以得到百倍的回報。

這篇文章主要說明**培養人才的重要**。

後人將《管子》這一節文字的意思概括為「十年樹木，百年樹人」這兩句話，說明**培養人才是長久之計**。

文言尋識

詞類活用：樹

詞類活用，就是指一個詞在句中改變了它原來的詞性。例如在《一年之計》中，「終身之計，莫如樹人」，這句的「樹」字原是名詞，它出現在名詞「人」前面，說明已經活用為動詞，意思是「種植、培育」。

《一年之計》中有多個「樹」字都是詞類活用的例子，解作「種植」。不過，「樹人」一例不能直接譯成「種植人才」，應該說成「栽培人才」或「培育人才」。

文言虛詞：者

文言文中的「者」字可指人、事或物，例如指代「人」的時候，可譯為「的人」，也可簡化為「的」。

「者」字也可用在主語後面，表示停頓、判斷的語氣。例如《一年之計》裏面：

> 一樹一穫者，穀也；一樹十穫者，木也；一樹百穫者，人也。

這裏的「者」表示停頓、判斷的語氣，可不譯出來。

考考你，《二子學弈》裏「弈秋，通國之善弈者也」的「者」字是什麼意思？（答案見第 140 頁）

邊喝邊聊

十年樹木，百年樹人

「十年樹木，百年樹人」，管子是不是認為培養人才很不容易？

種植穀物和樹木，在古代農業社會都是帶來經濟價值的活動。種植一次穀物，會帶來一次收成；種植樹木，會帶來較長遠的收成；培植人才的效益比這些活動的效益大百倍，卻往往被忽略了，這難道不奇怪嗎？管子通過類比的手法，先提「樹穀」、「樹木」這些生活例子，再帶出「樹人」的道理也一樣，讓讀者更容易掌握當中的意義。

後人把《一年之計》這節文字的意思，濃縮為「十年樹木，百年樹人」。有人會理解成要用很長時間才能得到木材和人才，那似乎是誤解了管子原本的意思，管子主要想強調培養人才是長遠之計，值得重視。

反思學習

1. 你認為學校教育對一個人的成長有哪些影響？
2. 很多父母都希望子女能考入大學、完成大學課程，你同意他們的看法嗎？為什麼？
3. 先進國家都十分重視教育，你認為背後的原因是什麼？
4. 現今社會需要哪些方面的人才？學校教育能培育這些人才嗎？

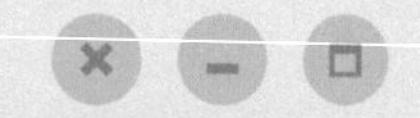

任務總結一

我們順利完成了任務 1 - 3，現在一起重溫內容，總結一下學習的成果。大家預備好就開始吧！

內容理解力

《二子學弈》

1. 以下哪一項符合故事內容？

◯ A. 弈秋是名聞全國的象棋高手。

◯ B. 兩位弟子的專注力都差不多。

◯ C. 有位弟子幻想拉開弓箭射天鵝。

◯ D. 有位弟子被窗外的天鵝吸引住。

2. 圈出正確的答案。

作者認為弈秋的兩位弟子智力（不相伯仲／差天共地）。

《為學》（節錄）

1. 為什麼富和尚認為窮和尚沒有足夠條件到南海？

◯ A. 他認為窮和尚學問不足。

◯ B. 他認為窮和尚缺乏航海知識。

◯ C. 他認為窮和尚做事太魯莽，途中會遇到意外。

◯ D. 他認為連自己也去不到，窮和尚不可能去到。

2. 以下哪一句話能概括故事的主旨？

◯ A. 天有不測風雲。

◯ B. 有志者事竟成。

◯ C. 窮則變，變則通。

◯ D. 世事如棋局局新。

《一年之計》

1. 以下哪一項**不符合**故事內容？

◯ A. 種一次莊稼有一次的收穫。

◯ B. 種植一次樹木有十次的收穫。

◯ C. 培養人才可以得到十倍的回報。

◯ D. 培養人才的回報比種莊稼的回報大。

2. 這篇文章主要指出

◯ A. 辦教育比農業重要。

◯ B. 培育人才是長久之計。

◯ C. 不要只側重農業發展。

◯ D. 種植比培育人才容易得多。

文言解讀力

以下句子中方框內的紅色字是什麼意思？

1. 思[援]弓繳而射之。（《二子學弈》）

◯ A. 握持　◯ B. 幫助　◯ C. 舉起

2. 為是其智弗若與？（《二子學弈》）

◯ A. 和 ◯ B. 呢 ◯ C. 嗎

3. 子何恃而往？（《為學》(節錄)）

◯ A. 憑藉 ◯ B. 自傲 ◯ C. 急於

4. 吾數年來欲買舟而下，猶未能也。(《為學》(節錄))

◯ A. 猶如 ◯ B. 尚且 ◯ C. 猶豫

5. 十年之計，莫如樹木。（《一年之計》）

◯ A. 樹立 ◯ B. 喬木 ◯ C. 種植

6. 一樹十穫者，木也。（《一年之計》）

◯ A. 獲勝 ◯ B. 收穫 ◯ C. 樹幹

自我評估

這次任務順利完成，大家解讀文言文的能力增強了嗎？能學到古人的智慧嗎？試給自己評分，把星星塗滿。（3 顆 = 能夠掌握；2 顆 = 初步掌握；1 顆 = 仍需努力）

❶ 我明白文言句子有時的詞序和現今的不同。---------- ☆☆☆

❷ 我明白有些詞語的不同讀音代表不同意思。---------- ☆☆☆

❸ 我明白有些詞語會改變詞性來表達其他意思。-------- ☆☆☆

❹ 我做事能專心致志，而且有恆心和毅力。------------ ☆☆☆

❺ 我能為自己訂立明確的目標。---------------------- ☆☆☆

第二章

立身處世

任務 4 東施效顰 莊子

實地考察

這個星期的任務是解讀《東施效顰》，文章出自《莊子》，講述一個叫東施的女子的故事！

「東施」是誰？她姓「東」？

要了解東施，就要先認識西施。西施是中國傳說中一位著名的美女。據說西施原本叫施夷光，是春秋末期越國人。她的家鄉在東、西兩邊各有一條村子，村中的人大多數姓施，施夷光住在西村，所以大家都叫她西施。一個住在東村的就叫做東施。

西施是漂亮的女子，那麼東施也不差吧！

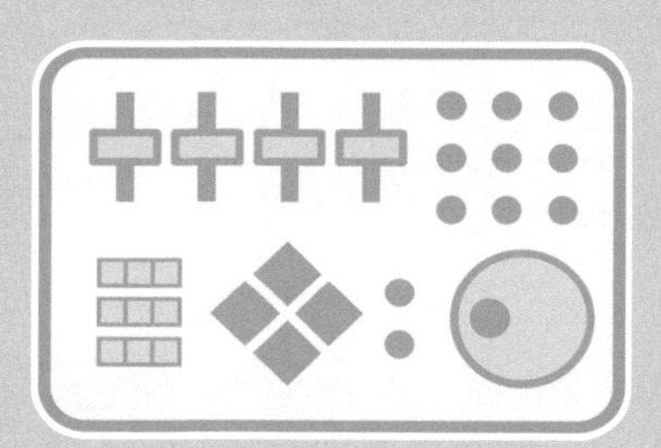

每個時代、每個人的審美眼光都不一樣，可說是「各花入各眼」吧！

哎！怎麼這條古代的村子裏，有些人一家大小離開村子躲到別處去了？發生了什麼事？

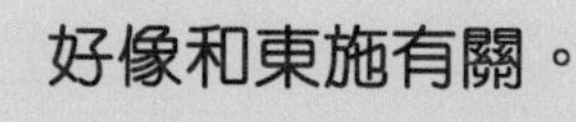

好像和東施有關。

啊？難道她是惡霸，欺負平民，還把他們趕走？

那我們快去看看有什麼可以幫忙。

我們馬上帶法寶**替換槍**和**調整尺**過去看看，就知道你們猜得對不對了！

東施效顰[1]

莊子

西施病心而顰其里[2]，其里之醜人見而美之[3]，歸亦捧心[4]而顰其里。其里之富人見之，堅閉門而不出；貧人見之，挈[5]妻子而去之走[6]。

彼知顰美而不知顰之所以美。

解讀提示

調整尺：「病心」即「心有毛病」。

詞類活用：美（詳見第 46 頁）

替換槍：
- 「歸」是「回去」的意思。
- 「堅」是「緊緊地」的意思。

古今義：妻子（詳見第 46 頁）

替換槍：
- 「彼」是代詞「她」，此指東施。
- 「所以」是「為什麼」的意思。

注釋

① **顰**：皺眉頭。「顰」 粵 頻 普 pín
② **里**：古時居民聚居的地方，相當於後來的「村」。
③ **美之**：以西施皺眉的樣子為美。
④ **捧心**：用手按着胸口，感到不適。
⑤ **挈**：帶領。「挈」 粵 揭 普 qiè
⑥ **去之走**：之，代詞，「這裏」的意思，此指村子。全句意思是「離開村子逃走」。

全面解讀

東施效顰　　莊子

西施有胸口痛的毛病，常在村中看見她緊緊地皺着眉頭。同村的一個醜女東施見到她這個樣子，認為非常好看，回去以後也學她用手按着胸口、皺着眉頭在村裏出現。村裏的富人見到東施，將大門關得緊緊的不敢出來；窮人見到她，則帶領妻子和兒女離開村子，躲到別處去了。

東施只知道西施皺着眉頭的樣子很美，卻不知道西施這樣美的原因。

通過描寫東施拙劣地效仿別人，卻適得其反的故事，說明了**不應盲目模仿**的道理。

西施的美是天生的，不是因為皺眉而美，盲目模仿只會弄巧反拙啊！

文言尋識

詞類活用：美

詞類活用，就是指一個詞在句中改變了它原來的詞性。例如《東施效顰》一文中，「西施病心而顰其里，其里之醜人見而美之」，「美」本是形容詞，這裏作動詞用，表示「認為……很美」。「之」指西施皺眉的樣子。「美之」就是指東施認為西施皺眉的樣子很美。

考考你，本系列中階篇《鄒忌諷齊王納諫》的「吾妻之美我者，私我也」，這句的「美」字和「私」字如何改變詞性？全句意思是什麼？（答案見第 140 頁）

古今義：妻子

隨着語言演變，有些詞語在古代和現代的意義和用法已變得不同，例如《東施效顰》一文中，「挈妻子而去之走」的「妻子」指「妻室和子女」，跟現代的意義「太太」有所不同。

我們再看一些例子：

字例	古義	今義	詞義變化的情況
兵	兵器	士兵	詞義轉移
捐	丟棄	獻出	詞義轉移

邊喝邊聊

古代女子是怎樣化妝的？

西施、王昭君、貂嬋和楊玉環是中國古代的「四大美人」。四大美人除了天然美，化妝也少不了吧？古代女子是怎樣化妝的？

愛美是人的天性，戰國時期楚俑文物中證明當時已有敷粉、畫眉和塗胭脂的習慣。

古人用米粉做成塗面的粉，後來用鉛粉。鉛粉雖然比較持久，但含重金屬，對皮膚和身體有害。此外人們把柳枝燒焦後塗在眉毛上，後來又用一種礦物「黛」來畫眉。胭脂以花汁作為原料，口紅則是在動物脂肪中加入香料和花而製成的。

唐朝還流行在眉間和臉部貼上小裝飾，是用紙、魚鱗、金箔甚至蜻蜓翅膀來做的。

古代的化妝品種類繁多，真不比現代遜色！

反思學習

1. 你模仿過別人的行為或衣着打扮嗎？為什麼會這樣做？
2. 誰是你模仿的對象？他有什麼優點值得你模仿呢？
3. 你認為「追上潮流」是不是模仿行為的一種？為什麼？
4. 模仿別人會為我們帶來哪些好處和壞處呢？

任務 5 染絲

墨子

實地考察

文文，怎麼你的雙手五顏六色的？

嘻嘻，言言，我在家裏給黏土手工上色，顏料沾在手上，洗也洗不掉，結果就變成這樣。

洗不掉？那怎麼辦呀？

給點耐性，多洗幾遍，慢慢就會褪去！不過，如果顏料是染在衣服上，就不容易洗掉了。

對啊！我試過把一件白色衣服和一件鮮紅色的新衣服一起放進洗衣機裏洗，結果白色衣服變了粉紅色，嚇了我一跳！

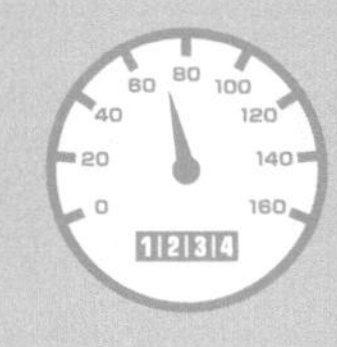

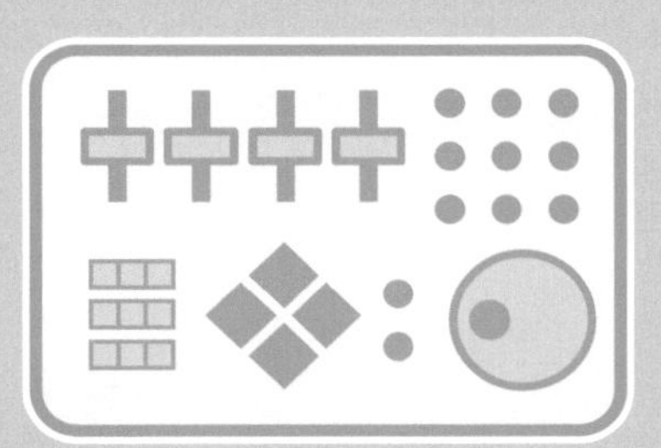

粉紅色也不錯，你就將錯就錯，
當成新衣穿上吧！

可是……我還是喜歡白色多一點！

你們的情況跟這個星期的任務——墨子的《染絲》有點相似，它講的是絲綢染色的問題。

絲綢染成鮮豔奪目的色彩，應該很好看啊！

墨子想借絲綢染色的情況來說明道理，我們一邊做任務，一邊想想箇中道理吧！這次會出動新的法寶——**刪減斧**！

染絲

墨子

子①墨子言見染絲者②而歎曰：「染於蒼③則蒼，染於黃則黃。所入者變④，其色亦變。五入必⑤，而已則為五色矣⑥。故染不可不慎也。」

非獨⑦染絲然也，國亦有染⑧。

注釋

① **子**：古時對男子的尊稱。
② **染絲者**：漂染絲綢的人。
③ **蒼**：青色。
④ **所入者變**：絲所投入的染缸顏色不同。
⑤ **必**：通「畢」，完成。
⑥ **而已則為五色矣**：而已，「然後」的意思。全句意思是「然後就會改變五次」。
⑦ **非獨**：不僅。
⑧ **有染**：有如染絲一樣。

解讀提示

刪減斧：言，無義，可刪去。

擴詞器：
- 「歎」擴展為「感歎」。
- 「入」擴展為「投入」。

增補黏土：
- 「染於蒼」的「染」字前面補上省略了的主語「蠶絲」。
- 「故染不可不慎也」的「染」字後面補上省略了的賓語「蠶絲」。

替換槍：
- 「為」是「改變、變為」的意思。
- 「然」是指示代詞「這樣」的意思。

一詞多義：獨
（詳見第 52 頁）

全面解讀

染絲　　墨子

墨子看見人在漂染絲綢，感歎地說：「（雪白的）蠶絲投進青色的染缸，便變成了青色；投進黃色的染缸，便變成黃色。絲綢所投入的染缸顏色不同，蠶絲的顏色也隨着改變。蠶絲染了五次，然後它的顏色也改變了五次。因此，染絲的時候，不能不小心謹慎啊！」

不僅染絲是這樣，管治國家也如染絲一樣。

我們的言行都會受到周遭的人影響，**客觀環境對人有着很大的影響**啊！

所謂「**近朱者赤，近墨者黑**」，我們要與品德高尚、追求上進的人相處，向他們學習。

一詞多義：獨

「獨」在文言文裏是個常用詞，身兼多種詞性和意思，以下是常見的用法：

	詞性	意思
獨	副詞	1. 只是、僅僅 2. 唯獨 3. 豈、難道
	形容詞	1. 單獨、獨自 2. 獨特、特殊

看看《染絲》一文中「獨」的用法：

> 非獨染絲然也，國亦有染。

這裏的「獨」是指「只是、僅僅」的意思，「非獨」即「不僅」的意思。全句意思是：「不僅染絲是這樣，管治國家也如染絲一樣。」

考考你，諺語「單絲不成線，獨木不成林」的「獨」是什麼意思？全句又是什麼意思呢？（答案見第 141 頁）

由「獨」組成的詞語可多呢，例如獨一無二、獨來獨往、得天獨厚……

邊喝邊聊

養蠶取絲的技術真的是嫘祖發明的？

中國是最早發明養蠶織絲的國家，傳說養蠶取絲的技術是由黃帝的妻子嫘祖發明的，這是真的嗎？

考古學家在距今約四、五千年的良渚文化遺址中，發現了一件陶壺上刻有幾條蠶紋，證明當時的人已經懂得飼養桑蠶。後來在錢山漾遺址中找到絲線、絲帶和絹片。專家鑒定後證明是家蠶絲，而且造工精細，說明早在四、五千年前，中國的絲織業已達到了一定水平。

把嫘祖養蠶織絲的傳說和考古發現互相印證，即使未有足夠證據說明嫘祖發明養蠶取絲的技術，也可以確定中國人養蠶織絲有大約五千年的歷史。

反思學習

1. 師長常常提醒我們要小心選擇朋友，為什麼？
2. 你喜歡跟哪種個性的人交朋友？為什麼？
3. 你覺得自己有沒有受到身邊的同學或朋友影響？那是怎樣的？算是好的影響嗎？
4. 怎樣的環境容易使人染上壞習慣？我們可以怎樣避免？

任務 6　塞翁失馬

劉安
《淮南子》

實地考察

趣趣博士，這個星期的任務是解讀《塞翁失馬》，你知道「塞翁」是什麼意思嗎？

言言，讓我查一查……啊，「塞翁」的「塞」字不是讀成「阻塞」的「塞」，應該讀成「比賽」的「賽」，即邊境的意思。

噢，又是一字多音的現象！真要帶着「**音義魔箭**」才能分辨出來。

那麼，「塞翁」是個老翁嗎？

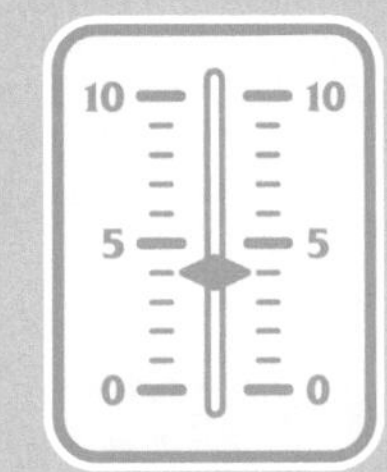

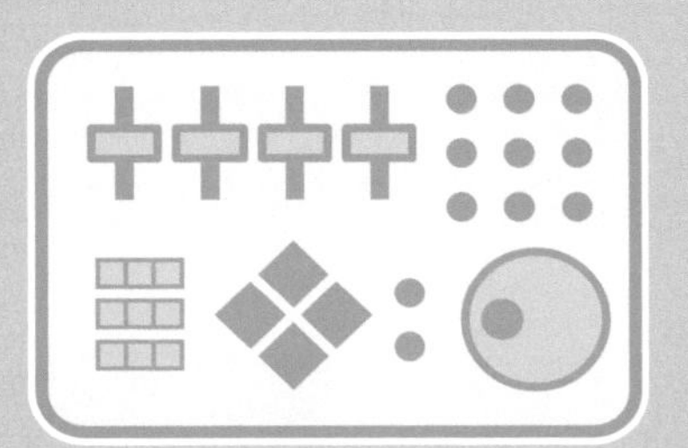

對啊，「塞翁」就是指住在邊境的老人。這個寓言故事，是西漢時期的淮南王劉安和他的賓客編成的，收錄在《淮南子》這本書裏。

讓我猜猜，塞翁失馬，就是說那個老人失去了一匹馬，對嗎？

猜對了，事情的開始就是他的馬走失了！

那老人真可憐啊，我們去幫他尋馬吧！

好，你替我拿着**音義魔箭**，再拿上**替換槍**和**擴詞器**吧！希望他最後能尋回馬匹！

塞翁失馬 劉安《淮南子》

近塞上之人，有善術者[1]。馬無故亡而入胡[2]，人皆弔[3]之。其父曰：「此何遽不為福乎[4]？」居數月[5]，其馬將胡駿馬而歸[6]，人皆賀之。其父曰：「此何遽不能為禍乎？」家富良馬[7]，其子好騎[8]，墮而折其髀[9]，人皆弔之。其父曰：「此何遽不為福乎？」居一年，胡人大入塞[10]，丁壯者[11]引弦[12]而戰，

解讀提示

一字多音：塞
（詳見第60-61頁）

一詞多義：亡
（詳見第61頁）

一字多音：將
（詳見第60-61頁）

替換槍：「富」是「使豐富、充裕」的意思。

音義魔箭：
- 「好」是「愛好、喜歡」的意思。「好」粵 耗 普 hào
- 「騎」是「騎馬」的意思。「騎」粵 其 普 qí

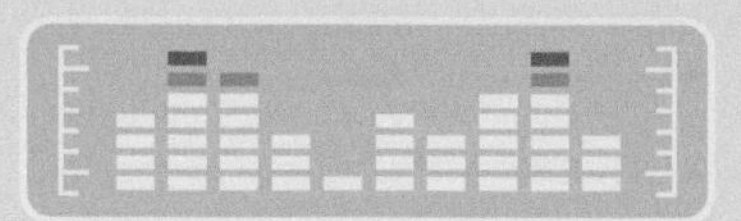

近塞之人，死者十九[13]。此獨以跛之故，父子相保[14]。

解讀提示

擴詞器：

- 「折」擴展為「折斷」。
- 「跛」擴展為「跛腳」。

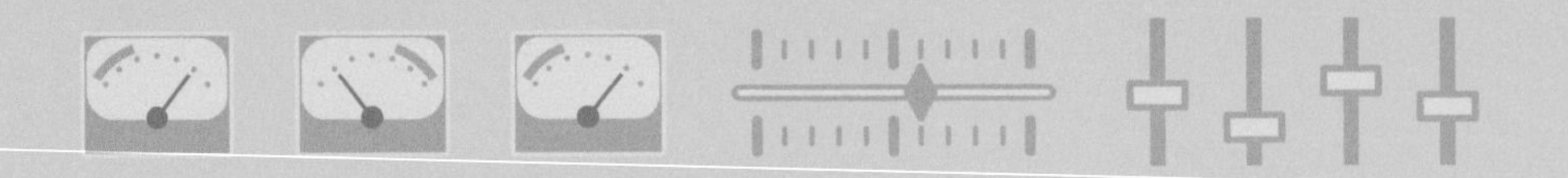

注釋

① **善術者**：善，擅長。術，方術，古代用來預測吉凶福禍。善於推測、預卜吉凶福禍的人就叫做「善術者」。

② **馬無故亡而入胡**：亡，逃走。胡，古時泛稱北部和西部的少數民族。全句指馬無緣無故地逃到胡人那裏去了。

③ **弔**：慰問。「弔」 粵 吊 普 diào

④ **此何遽不為福乎**：遽，因此。怎知就不會因此變成好事呢？「遽」 粵 巨 普 jù

⑤ **居數月**：居，相當於「經過」，表示相隔若干時間。與下文「居一年」的「居」同樣意思。這裏指過了幾個月。

⑥ **將胡駿馬而歸**：將，帶領。駿馬，良馬。全句的意思是帶領着胡人的良馬回來。「將」 粵 醬 普 jiàng

⑦ **家富良馬**：家中擁有很多好馬。

⑧ **好騎**：愛好縱馬奔馳。

⑨ **折其髀**：把他的大腿摔斷了。

⑩ **大入塞**：大舉攻入邊境。

⑪ **丁壯者**：壯健的人。

⑫ **引弦**：拉開弓弦，引申為拿起武器。

⑬ **死者十九**：十分之九的人戰死。

⑭ **相保**：一起保全了性命。

全面解讀

塞翁失馬　　劉安《淮南子》

靠近邊塞的地方，住着一個擅長術數的人。有一天，他的馬無緣無故地逃走到了胡人的地方，人們都來安慰他。那個老人說：「這怎麼知道不會成為福分（好事）呢？」過了幾個月，那匹跑掉的馬帶了一匹胡人的駿馬回來了，人們都來祝賀他。他說：「這怎麼就知道不會成為禍患（壞事）呢？」他家裏養了很多好馬，他的兒子喜愛騎馬，有一次從馬上摔下來折斷了大腿，人們都來慰問他。老人說：「這怎麼知道不會成為福分呢？」過了一年，胡人率兵大舉入侵邊境一帶，壯健的男丁都拿起武器去作戰，靠近邊塞居住的人，十個就死了九個。這位老人的兒子卻因為斷腿的緣故沒有上戰場，父子得以保全性命。

所有事情都有機會向相反的方向發展，**壞事能轉為好事，好事也能變成壞事。**

這種變化是沒有窮盡的，其中的道理深不可測。我們應該**樂觀、積極**地面對。

文言要識

一字多音：塞、將

「塞」和「將」都是多音字，不同讀音代表不同的詞性和意思，包括：

<table>
<tr><th></th><th>字音</th><th>詞性</th><th>意思</th></tr>
<tr><td rowspan="4">塞</td><td>粵 摵（sak1）（粵語裏「塞車」的「塞」）
普 sè</td><td>動詞</td><td>1. 阻塞、堵塞
2. 充滿、填塞
3. 應付、搪塞</td></tr>
<tr><td rowspan="2">粵 摵（sak1）（粵語裏「塞車」的「塞」）
普 sāi</td><td>動詞</td><td>1. 填滿空隙，如塞入
2. 受阻不暢，如塞車</td></tr>
<tr><td>名詞</td><td>塞子，如瓶塞、軟木塞</td></tr>
<tr><td>粵 賽
普 sài</td><td>名詞</td><td>邊境</td></tr>
</table>

<table>
<tr><th></th><th>字音</th><th>詞性</th><th>意思</th></tr>
<tr><td rowspan="4">將</td><td rowspan="2">粵 章
普 jiāng</td><td>介詞</td><td>把、用</td></tr>
<tr><td>副詞</td><td>將要、就要</td></tr>
<tr><td rowspan="2">粵 醬
普 jiàng</td><td>動詞</td><td>統率、率領</td></tr>
<tr><td>名詞</td><td>將領、將帥</td></tr>
</table>

《塞翁失馬》的「塞翁」就是「住在邊境的老人」，這裏的「塞」字在粵語裏讀「賽」，普通話讀 sài。

此外，文中「其馬將胡駿馬而歸」一句，「將」是「帶領」的意思，在粵語裏讀「醬」，普通話讀 jiàng。

兵來**將**擋！

將計就計！

一詞多義：亡

「亡」在文言文裏是個常用詞，身兼多種詞性和意思，以下是常見的用法：

	詞性	意思
亡	動詞	1. 逃走 2. 丟失、失掉 3. 滅亡 4. 死亡

《塞翁失馬》一文中，「馬無故亡而入胡」，這裏的「亡」是「逃走」的意思。全句意思是「他的馬無緣無故地逃走到了胡人的地方」。

考考你，《戰國策》「亡羊補牢，未為晚也」的「亡」是什麼意思？（答案見第 141 頁）

邊喝邊聊

馬是古代人的重要伙伴

中國古代的交通工具主要為馬匹，看來馬對古代人來說真的很重要啊！

中國古人出行用馬車或騎馬、打仗靠戰馬，馬在生活和軍事上扮演着不可替代的角色。

據說古代有一種優秀的馬，會流出像血一樣顏色的汗而聞名。牠叫做汗血馬，又名汗血寶馬、天馬，是中亞的山地馬種，能抗疲勞，蹄堅硬，據說可以「日行千里」，成為古代君王渴求的良駒。

漢武帝時，張騫出使西域，在大宛國發現汗血寶馬。漢武帝遣使帶黃金二十萬兩及一匹黃金鑄成的金馬去換。

唐太宗擁有六匹良馬——「昭陵六駿」，據說其中一匹就是突厥贈送的汗血寶馬。

反思學習

1. 從《塞翁失馬》的故事中，你領會到什麼道理？你有相似的生活經驗嗎？
2. 處於順境時，你會意氣風發，得意忘形嗎？若不會，你會抱持什麼態度？
3. 處於逆境時，你會垂頭喪氣，怨天尤人嗎？若不會，你會抱持什麼態度？

任務總結二

我們順利完成了任務 4 - 6，現在一起重溫內容，總結一下學習的成果。大家預備好就開始吧！

內容理解力

《東施效顰》

1. 以下哪一項符合故事內容？

◯ A. 西施和東施是兩姐妹。

◯ B. 西施看見東施就皺眉。

◯ C. 東施有胸口痛的毛病。

◯ D. 西施有胸口痛的毛病。

2. 這個故事告訴我們什麼道理？

◯ A. 不應盲目模仿別人。

◯ B. 不要跟從他人的做事方法。

◯ C. 不要胡亂追隨名人的行徑。

◯ D. 做人要有創新精神和個人風格。

3. 以下哪一個成語和「東施效顰」的意思相近？

◯ A. 標新立異　　◯ B. 擇善而從

◯ C. 邯鄲學步　　◯ D. 獨闢蹊徑

《染絲》

1. 以下哪一項**不符合**故事內容？

◯ A. 蠶絲本身是白色的。

◯ B. 墨子年青時是個染絲工匠。

◯ C. 染缸的顏色不同，蠶絲的顏色也隨着改變。

◯ D. 蠶絲染多少次，它的顏色就會改變多少次。

2. 圈出正確的答案。

墨子認為（求取學問 ／ 管治國家）的道理和染絲相同。

3. 在橫線上填上適當的答案。

這個故事説明了「近朱者 ________，近墨者 ________」的道理。

《塞翁失馬》

1. 以下哪一項**不符合**故事內容？

◯ A. 塞翁擅長術數。

◯ B. 塞翁的兒子喜愛騎馬。

◯ C. 塞翁家裏養了很多好馬。

◯ D. 塞翁拿起武器去對抗胡兵。

2. 為什麼塞翁説丟失了馬可能會是好事？

◯ A. 因為他預測到將有兩匹馬來他家。

◯ B. 因為他相信福和禍互有關連，常有變化。

◯ C. 因為他那匹跑掉的馬帶了一匹小馬回來。

◯ D. 因為他的兒子從馬上摔下來，但沒有受傷。

文言解讀力

以下句子中方框內的紅色字是什麼意思？

1. 西施病心而矉其里。（《東施效矉》）

◯ A. 按着額　◯ B. 托着頭　◯ C. 皺眉頭

2. 其里之富人見之，堅閉門而不出。（《東施效矉》）

◯ A. 堅決　◯ B. 緊緊　◯ C. 強行

3. 貧人見之，挈妻子而去之走。（《東施效矉》）

◯ A. 提起　◯ B. 帶領　◯ C. 攜帶

4. 染於蒼則蒼。（《染絲》）

◯ A. 青色　◯ B. 灰色　◯ C. 白色

5. 五入必，而已則為五色矣。（《染絲》）

◯ A. 預備　◯ B. 完成　◯ C. 必定

6. 故染不可不慎也。（《染絲》）

◯ A. 所以　◯ B. 緣故　◯ C. 藉故

7. 馬無故[亡]而入胡，人皆弔之。（《塞翁失馬》）

◯ A. 死亡　◯ B. 逃走　◯ C. 迷失

8. 馬無故亡而入胡，人皆[弔]之。（《塞翁失馬》）

◯ A. 恭賀　◯ B. 懷疑　◯ C. 慰問

9. 此何[遽]不為福乎？（《塞翁失馬》）

◯ A. 因此　◯ B. 認為　◯ C. 所以

10. [居]一年，胡人大入塞。（《塞翁失馬》）

◯ A. 居家　◯ B. 居留　◯ C. 經過

自我評估

這次任務順利完成，大家解讀文言文的能力增強了嗎？能學到古人的智慧嗎？試給自己評分，把星星塗滿。（3 顆 = 能夠掌握；2 顆 = 初步掌握；1 顆 = 仍需努力）

1. 我明白「妻子」的古今義。 ☆☆☆
2. 我明白「美」在文言文裏可當作動詞使用。 ☆☆☆
3. 我知道「獨」和「亡」各有多種義項。 ☆☆☆
4. 我知道「塞」和「將」不同讀音代表不同的意思。 ☆☆☆
5. 我明白不要胡亂模仿別人。 ☆☆☆
6. 我明白做事要小心謹慎。 ☆☆☆
7. 我會和品德良好的人交朋友。 ☆☆☆
8. 我明白壞事能轉為好事，應抱着樂觀的態度。 ☆☆☆

第三章

奇聞故事

任務 7 孫叔敖埋兩頭蛇

王充《論衡》

實地考察

趣趣博士，這個星期的任務看來很可怕，我們能破解嗎？

可怕？有什麼可怕的？文文，你慢慢說。

這次的任務是解讀《孫叔敖埋兩頭蛇》，光看文題「兩頭蛇」三字，我就馬上起雞皮疙瘩了。

別擔心，我們只是解讀文言文，不用去接觸那條蛇的，而且這是古代著名的故事呢！它收錄在東漢哲學家王充的著作《論衡》裏面。

我有個問題，這裏說的「孫叔」是誰啊？

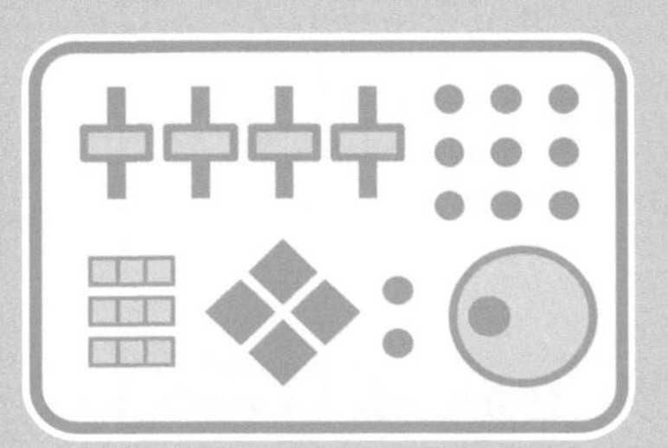

哈哈，謝謝你們盡力推斷文題，不過文題所寫的不是「孫叔」，而是「孫叔敖」啊。孫叔敖是春秋時期的楚國人，在這個故事裏他只是個小孩子。

小孩子？一個小孩把蛇埋掉，太恐怖了！

他不怕蛇？還是天生有神力？有沒有被蛇所傷？

一個小孩就能把蛇埋掉，真不可思議！看來大家都想快些知道結果，我們馬上開展任務吧！

好！趣趣博士，除了**替換槍**、**擴詞器**和**增補黏土**，請問你有遙遠控制的捕蛇器嗎？

孫叔敖[①]埋兩頭蛇[②]

王充《論衡》

孫叔敖為兒之時，見兩頭蛇，殺而埋之。歸對其母泣，母問其故，對曰：「我聞見兩頭蛇死[③]；向者[④]出[⑤]見兩頭蛇，恐去母死[⑥]，是以泣也。」其母曰：「今蛇何在？」對曰：「我恐後人[⑦]見之，即殺而埋之。」其母曰：「吾聞有陰德[⑧]者，天必報之，汝必不死，天必報汝。」叔敖竟不死，遂[⑨]為楚相。

解讀提示

替換槍：「兒」是「小孩子」的意思。

擴詞器：
- 「埋」擴展為「埋掉」。
- 「泣」擴展為「哭泣」。

增補黏土：兩處「對曰」的前面都補上省略了的主語「他」（孫叔敖）。

替換槍：「聞」即「聽説」。

一詞多義：報（詳見第 73 頁）

替換槍：「竟」是「終究、終於」的意思。

一詞多義：遂（詳見第 74 頁）

注釋

① **孫叔敖**：春秋時期楚國人，楚莊王時任百官首長的令尹。
「敖」 粵 熬 普 áo

② **兩頭蛇**：生活在中國中南部的一種無毒蛇。尾部圓鈍，有與頸部相同的黃色斑紋，驟看頗似頭部，且有與頭部相同的活動習性，故稱兩頭蛇。

③ **見兩頭蛇死**：看見兩頭蛇的人會死掉。

④ **向者**：指過去了的時間，之前。

⑤ **出**：外出。

⑥ **恐去母死**：去，離開。恐怕會死去，離開母親。

⑦ **後人**：後來經過的人。

⑧ **陰德**：暗中為別人做了好事的行為。

⑨ **遂**：後來、終於。「遂」 粵 睡 普 suì

全面解讀

孫叔敖埋兩頭蛇　　王充《論衡》

孫叔敖小時候，有一次在外面玩耍，看見一條兩頭蛇，立刻把牠殺死並埋掉了。回到家裏，他一看見母親便哭起來。母親問他為什麼哭，他告訴母親：「我聽人説過，看見兩頭蛇的人會死掉。剛才我在外面玩耍，看見了一條兩頭蛇，恐怕自己很快會死去，離開母親，所以傷心地哭起來。」母親問他：「現在那條兩頭蛇在哪裏？」他説：「我怕後來經過的人看見這條蛇而遭遇不幸，已把蛇殺死並埋掉了。」母親説：「我聽説暗中做了好事的人，上天必然會報答他的。你一定不會就此死去，上天一定會報答你的。」孫叔敖終究沒有因此死掉，後來還成為楚國的宰相。

孫叔敖做事**為人設想**，真是**善良**。

他的母親**既慈愛又有智慧**，巧妙地化解了兒子心中的恐慌，又維護了他**善良仁慈**的美德。

文言尋識

一詞多義：報

「報」在文言文裏是個常用詞，身兼多種意思，以下是常見的用法：

	詞性	意思
報	動詞	1. 報答、報恩、回報 2. 報仇、報怨 3. 答覆、回信

看看《孫叔敖埋兩頭蛇》一文中「報」的用法：

吾聞有陰德者，天必報之，汝必不死，天必報汝。

從上下文可見，這一句的兩個「報」字都是「回報」的意思。

我在這次跑步比賽的成績不錯，很多人落在後面。

嘿，你別報喜不報憂。

一詞多義：遂

在文言文裏面，「遂」有以下的常見用法：

	詞性	意思
遂	動詞	成功；實現
	副詞	1. 後來、終於 2. 竟然 3. 於是、就

在《孫叔敖埋兩頭蛇》一文中：

> 叔敖竟不死，遂為楚相。

「遂」即「後來、終於」，「遂為楚相」的意思相當於「後來還成為楚國的宰相」。

考考你，本系列初階篇《鐵杵磨針》有這樣一句：「白大為感動，遂還讀卒業。卒成名士。」根據上文下理，句中的「遂」是什麼意思？（答案見第 141 頁）

邊喝邊聊

中國人愛蛇還是怕蛇？

蛇那麼恐怖，為什麼會成為十二生肖之一？中國人到底是愛蛇還是怕蛇？

中國人對蛇可謂又愛又怕。中國的蛇文化源遠流長，可追溯到上古時代，諸如伏羲、女媧這種人類神話中的祖先，又如治理了滔天洪水的大禹，在古書中都以人首蛇身或人身蛇尾的形象出現。蛇還是十二生肖之一，位列黃道十二宮，中國人對蛇的好感可見一斑。

雖然孫叔敖幼年時被兩頭蛇嚇得大哭，但古人卻以蛇入夢為吉，更喜夢見兩頭蛇。據說春秋時期，齊桓公偶遇兩頭蛇，自以為大難臨頭，被嚇出了病，幸好有占卜師安慰他說這是好兆頭，他聽了放下心頭大石，疾病也就不藥而癒了。

當然，我們在郊外見到蛇蹤，還是「避之則吉」呀！

反思學習

1. 你覺得孫叔敖是個怎樣的孩子？他有什麼地方值得你學習呢？
2. 如果在公園或郊外看到蛇，你會怎樣做？
3. 假如有個小孩在郊野公園拿石塊扔向野生動物，你會怎樣做？
4. 日常生活中，人們有哪些迷信行為？為什麼他們有迷信的心理？

任務 8 周處除三害

劉義慶《世說新語》

實地考察

這個星期的任務是解讀《世說新語》中一篇叫《周處除三害》的文章。我記得《世說新語》在中階篇的任務中讀過！我很喜歡才女謝道韞。

白雪紛紛何所似？

撒鹽空中差可擬。

未若柳絮因風起。

哈哈哈！角色扮演遊戲真好玩！

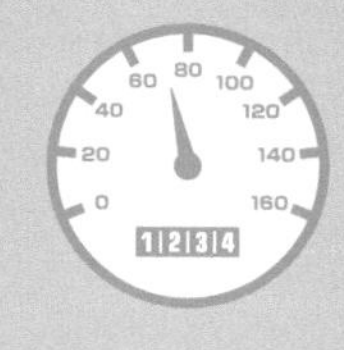

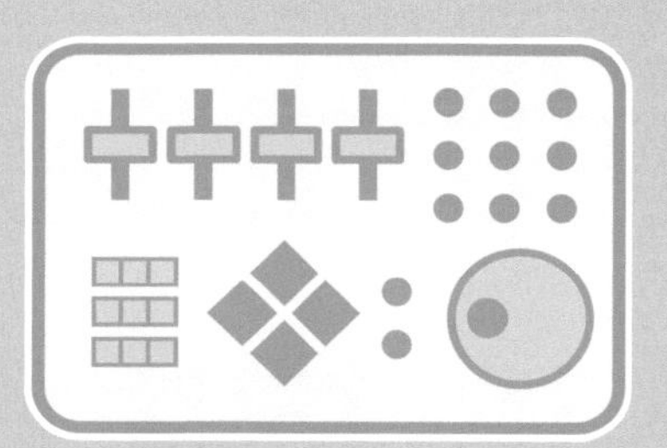

我來猜一猜，《周處除三害》，「周處」是人名？他要除三害，「三害」是什麼？

文文猜對了！其實周處是當時的一個小混混。言言，我考考你，周處要除三害，其中兩害是蛟龍和虎，還有一個禍害是什麼？

蛟龍和猛虎為患，我猜另一害一定很可怕的，難道是大白鯊？記得爸爸說過大白鯊會咬人，很可怕。

會不會是大蠍子？單是想起牠的樣子也令人心裏發毛。

你們想知誰是最後一害，現在就開始破解任務吧！

周處[1]除三害

劉義慶
《世說新語》

周處年少時，兇強俠氣[2]，為鄉里[3]所患[4]。又義興[5]水中有蛟[6]，山中有白額虎[7]，並皆暴犯[8]百姓。義興人謂為「三橫」，而處尤劇。

或說處殺虎斬蛟，實冀三橫唯餘[9]其一。處即刺殺虎，又入水擊蛟。蛟或浮或沒[10]，行數十里，處與之俱。經三日三夜。鄉里皆謂已死，

解讀提示

擴詞器：「兇」擴展為「兇惡、兇狠」。

音義魔箭：「強」是強橫、蠻不講理的意思。「強」
粵 強 (koeng4)
普 qiáng

替換槍：
- 「橫」即「禍害」。
- 「劇」即「厲害、嚴重」。

一詞多義：或
（詳見第 82 頁）

一字多音：說
（詳見第 83 頁）

擴詞器：「實」擴展為「其實」。

替換槍：
- 「冀」即「希望」。
- 「俱」即「一起」。

更相慶[11]。竟殺蛟而出，聞里人相慶，始知為人情所患[12]，有自改意。

解讀提示

增補黏土：「竟」字前面補上省略了的主語「周處」。

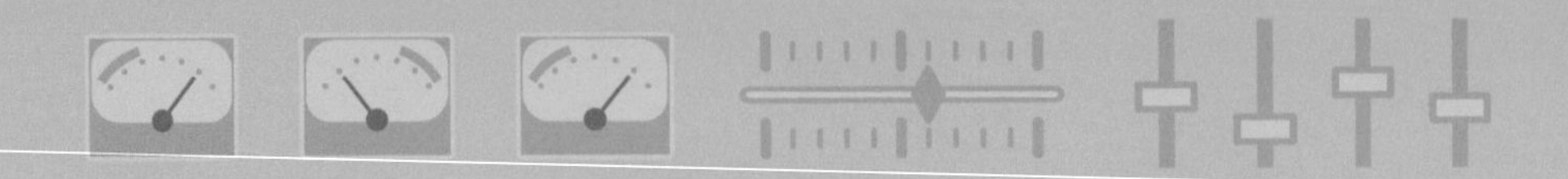

注釋

① **周處**：字子隱，西晉人。曾擔任御史中丞，後為國戰死。
「處」 粵 楮 (cyu2) 普 chǔ

② **俠氣**：仗恃武力，好逞意氣。

③ **鄉里**：同鄉的人。

④ **所患**：以（周處）為禍患。

⑤ **義興**：周處的家鄉，今江蘇省宜興市。

⑥ **蛟**：古代傳說中獨角如龍的動物，民間相傳牠興風作浪，能發洪水。

⑦ **白額虎**：額前有一撮白毛的老虎。

⑧ **暴犯**：禍害侵犯。

⑨ **唯餘**：只剩下。

⑩ **或浮或沒**：有時浮到水面，有時潛進水裏。

⑪ **更相慶**：更，交替、交互。互相祝賀。

⑫ **人情所患**：成為人們心中所憂慮的事物。

全面解讀

周處除三害　劉義慶《世説新語》

周處年輕時，兇蠻強橫，喜歡逞強生事，被鄉人視為禍害。他的家鄉義興的河中有蛟龍，山中有額前長了白毛的老虎，兩者都經常侵擾百姓，義興人將牠們與周處合稱「三橫」。「三橫」之中，又以周處的禍害最嚴重。

有人勸説周處去殺老虎、斬蛟龍，其實是希望這三害互相殘殺，最後只剩下一害。周處果然立刻刺殺了老虎，又到水裏擊殺蛟龍。蛟龍有時浮到水面，有時潛進水裏，前行幾十里，周處跟着牠一起浮沉。經過三天三夜，鄉人都以為周處已經死了，大家互相慶賀。周處竟然殺死了巨蛟，從水裏出來了。他聽到鄉親以為他死了而互相慶賀，才知道自己原來被人視為禍害，於是決意改過自新。

本文記述了周處**為民除害，勇於改過自新**的故事。

幸好周處本性純良，醒悟出改過自新的念頭，否則會一錯再錯，鑄成更大的錯誤。

一詞多義：或

在文言文裏面，「或」有多種意思，包括：

	詞性	意思
或	代詞	有的、有的人、有的事
	副詞	1. 有時 2. 又 3. 或者、或許
	形容詞	通「惑」，迷惑

看看《周處除三害》一文中「說」字的用法：

1. 或說處殺虎斬蛟，實冀三橫唯餘其一。
2. 蛟或浮或沒，行數十里。

第一句的「或」是代詞，即「有人」的意思。
第二句的「或」作副詞用，即「有時」。

此外，本系列初階篇《畫荻》裏有這樣的句子：「及其稍長，而家無書讀，就閭里士人家借而讀之，或因而抄錄。」根據上文下理，句中的「或」是「有時」的意思。

一字多音：說

「說」是個多音字，不同讀音代表的詞性和意思有：

	字音	詞性	意思
說	粵 雪　普 shuō	動詞	說明、解說
		名詞	說法、主張
	粵 歲　普 shuì	動詞	勸說、說服
	粵 悅　普 yuè	形容詞	通「悅」，快樂、喜悅

看看《周處除三害》一文中「說」字的用法：

或說處殺虎斬蛟，實冀三橫唯餘其一。

這句中的「說」即勸說，在粵語裏讀「歲」，普通話讀 shuì。

考考你，《論語》中有這樣一句：「學而時習之，不亦說乎？」這裏的「說」是什麼意思？應該怎樣讀呢？

（答案見第 142 頁）

我花了不少唇舌向媽媽解**說**平板電腦對我學習的好處。如果能成功**說**服她買給我，不亦**說**乎？

邊喝邊聊

周處後來怎麼了？

周處決定改過自新，後來他過得怎樣了？

周處決定改過自新後，到吳郡尋訪學問淵博的名士陸機和陸雲。他把自己的情況告訴了陸雲，並且說自己想要改正過錯，但是年紀不少，擔心最終不會有什麼成就。陸雲說：「古人看重『早上明白了真理，晚上死去也值得』的道理，何況你的前途還有希望。再說人只怕沒有志向，又何必憂慮美好的名聲不能顯揚呢？」

在陸機、陸雲的教導下，周處刻苦學習，終於成為了一個有學問的人。一個地方官推薦他擔任東吳東觀左丞，後來他還寫過一部名為《吳書》的作品。

反思學習

1. 當你發現自己做錯事時，會不會自我反省，提醒自己以後不再犯錯呢？你認為怎樣做才可真正的改過？
2. 你有什麼壞習慣？你認為可以怎樣改掉這些壞習慣？
3. 如果你身邊的朋友或家人有壞習慣，你會怎樣勸他甚至幫他改掉？
4. 如果你身邊的朋友做錯事，你會怎樣勸他改過？

任務 9 閔子騫童年 《敦煌變文》

實地考察

趣趣博士，這個星期的任務是破解《閔子騫童年》這篇文章，「閔子騫」是誰？

閔子騫是春秋末期魯國人，孔子七十二位賢德的弟子之一。他因為孝順而為人稱道，連孔子也稱讚他，後世列他為二十四孝子之一。

原來是孔子的高足。他這麼孝順，父母一定很喜歡他了！

聽說事情不是這麼順遂，真是家家有本難唸的經。

他的父母不喜歡他嗎？那他怎麼了？我們快去看看有什麼可以幫上忙的吧！

閔子騫[1]童年

《敦煌變文》

閔子騫，名損，魯人也。父取後妻，生二子，騫供養父母，孝敬無怠。後母嫉之，所生親子，衣加棉絮[2]，子騫與蘆花絮[3]衣。其父不知，冬月，遣子御車[4]，騫不堪甚，騫手凍，數失韁[5]靷[6]，父乃責之，騫終不自理[7]。父密察之，知騫有寒色，父以手撫之，見衣甚薄，毀[8]而觀之，始知非絮。後妻二子，純衣

解讀提示

- 通假字：取（詳見第 90 頁）
- 擴詞器：
  - 「怠」擴展為「怠慢、輕慢」。
  - 「嫉」擴展為「嫉妒、妒忌」。
  - 「遣」擴展為「差遣」。
  - 「密察」擴展為「秘密觀察」。
- 替換槍：
  - 「與」即「給予」。
  - 「堪」即「承受」。
  - 「甚」即「嚴重、厲害」。
  - 「數」即「幾次」。
- 通假字：御（詳見第 90 頁）
- 刪減斧：「騫不堪甚，騫手凍」這兩個分句的主語都是閔子騫，翻譯時可刪去「騫手凍」的「騫」。

以綿。父乃悲歎，遂遣其妻[9]。子騫雨淚[10]前白父曰：「母在一子寒，母去三子單，願大人思之。」父慚而止[11]。後母悔過，遂以三子均平，衣食如一，得成慈母。孝子聞於天下。

解讀提示

一詞多義：遣（詳見第 90 頁）

替換槍：「白」即「稟告、陳述」。

擴詞器：「單」擴展為「孤單無依」。

注釋

① **閔子騫**：春秋時魯國人，孔子弟子。生性孝順，德行與顏淵並稱。
「閔」 粵 吻 普 mǐn 「騫」 粵 牽 普 qiān
② **衣加棉絮**：在衣物裏鋪上棉花。
③ **蘆花絮**：蘆花的纖維，雖有點像棉花，但遠不及棉花保暖。
④ **車**：木製的車子。「車」 粵 居 普 chē
⑤ **繮**：同「韁」，拴牲口的繩子。「繮」 粵 薑 普 jiāng
⑥ **靷**：引車前行的皮帶。「靷」 粵 引 普 yǐn
⑦ **自理**：自己說明道理，申辯。
⑧ **毀**：撕破。
⑨ **遣其妻**：遣，遣送。遣送妻子回家，意思是休妻。
⑩ **雨淚**：雨，這裏作動詞，流下。「雨淚」即「流淚」的意思。
「雨」 粵 預 普 yù
⑪ **止**：停止。這裏指打消休妻的念頭。

全面解讀

閔子騫童年 《敦煌變文》

閔子騫，名叫損，春秋時期魯國人。閔子騫的父親娶了個後妻，生了兩個孩子。閔子騫供養父母，孝順敬愛，從不怠慢。後母嫉妒他，給親生兒子做的冬衣裏鋪上棉花，給閔子騫的卻是用蘆葦花絮做的。閔子騫的父親不知道這個情況，寒天裏還讓他駕車。閔子騫實在忍受不了寒冷，

雙手冰冷，幾次拿不穩韁繩，父親因此而斥責他，但他始終不作申辯。後來父親秘密地仔細觀察，發現他面色很差，像在捱冷；於是用手摸摸他，發現閔子騫穿得非常單薄，撕開他的衣服一看，這才發覺他穿的原來不是棉衣。後母的兩個兒子，衣物裏頭全鋪上棉花。父親感到非常悲痛，於是要休掉後妻。閔子騫流着淚勸父親不要這樣做：「後母在家，只有一個兒子受寒，但她離去，卻有三個兒子孤單無依，希望父親大人考慮。」閔子騫的父親感到慚愧，打消了休妻的念頭。後母也改過自新，平等地對待三個兒子，衣服、飲食等待遇都一致，成為了慈愛的母親，閔子騫的孝名也因此傳揚天下。

最後大團圓結局！父親受到感動，打消了休妻的念頭。

後母受到感動，從此改過自新，真好！**閔子騫憑着孝順的品德感動雙親，**真是不簡單。

文言尋識

通假字：取、御

「通假」就是「通用、假借」，即用讀音相同或者相近的字代替本字。例如《閔子騫童年》一文中：

1. 父取後妻，生二子。
2. 其父不知，冬月，遣子御車。

第一句的「取」同「娶」，「父取後妻」即「父親娶了個後妻」。第二句的「御」通「禦」，指「駕駛」。

考考你，本系列初階篇《曾子殺豬》「顧反為女殺彘」這句中，哪兩個字是通假字？分別是什麼意思？（答案見第 142 頁）

一詞多義：遣

在文言文裏面，動詞「遣」有多種意思，包括：(1) 差遣、派遣；(2) 打發、送走、遣送；(3) 發配；(4) 排遣、消遣。我們要結合上下文來推斷合理的意義。

在《閔子騫童年》裏面，「其父不知，冬月，遣子御車」，這句的「遣」意思是差遣。

又如「父乃悲歎，遂遣其妻」一句，這裏的「遣」意思是遣送，「遣其妻」即是休妻。

邊喝邊聊

《二十四孝》故事仍合時宜嗎？

《二十四孝》中，閔子騫排在第三，還有我們熟悉的黃香溫席、臥冰求鯉等等。說起臥冰求鯉，這孝順的行為未免太危險了吧！

「臥冰求鯉」講的是晉朝的孝子王祥的故事。王祥在嚴冬時為了滿足繼母想吃鮮魚的要求，不惜在結冰的湖面上脫衣，還躺在冰上，嘗試以體溫融化冰塊。在王祥躺下後，冰面忽然裂開，有兩條鯉魚跳了出來，王祥得以帶回去給繼母享用。當時的人思想迷信，認為王祥是感動了上天，才有好的結果。

《二十四孝》的故事中雖有荒唐、不切實際的地方，但是我們不必將它完全拋棄，畢竟這些故事的出發點都是好的，鼓勵人們傳承孝道。

反思學習

1. 你覺得閔子騫是個怎樣的孩子？他有什麼地方值得你學習呢？
2. 你覺得父母疼愛你嗎？從哪些生活細節可看到父母的愛？
3. 當父母沒有滿足你的要求時，你會怎樣想？這種想法合理嗎？
4. 你能滿足父母對你的要求嗎？為什麼？
5. 現今社會中，怎樣才算是一個孝順的孩子呢？

任務 10 摸鐘

沈括《夢溪筆談》

實地考察

言言，你怎麼眉頭緊皺起來？

是這樣的，我和幾個同學合作畫了一幅世界地圖，貼在壁報上，怎料今天發覺被人弄污了，上面有些黑色的手指印，不知是誰做的？

原來如此！除非有人目擊事發的經過，否則很難得知是誰做的。

你說得也對，不過我們分頭問過全班同學，沒有人能提供消息。

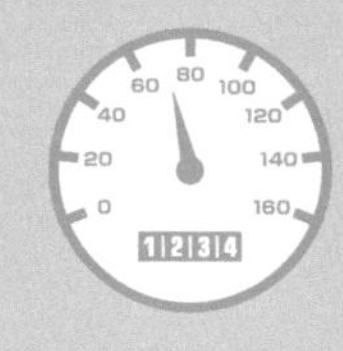

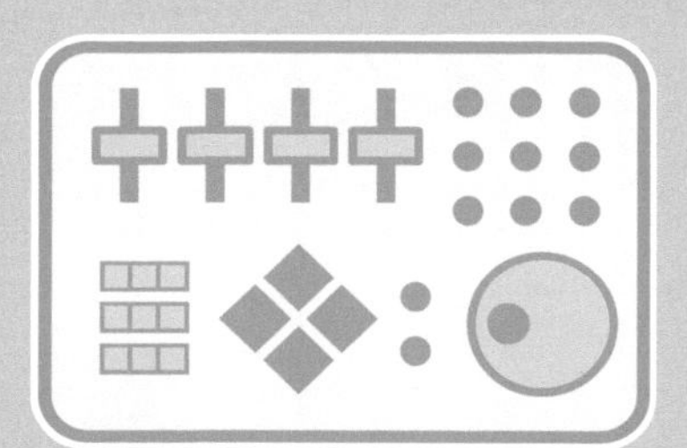

看來要請鐵面無私的包大人出來審理才成。

也許這次任務《摸鐘》的主角陳述古能幫得上忙！

陳述古？是古代的神探嗎？

陳述古是北宋著名學者、文學家，《摸鐘》記述了他智破盜竊案。這篇文章收錄在北宋科學家沈括的《夢溪筆談》中，這本書概括了他對科學和藝術等各方面的深刻見解，其中也有掌故逸事等歷史資料。

查案？好刺激啊！我們快點出發吧！

摸鐘　沈括《夢溪筆談》

陳述古[1]密直[2]知[3]建州浦城縣[4]日，有人失物，捕得莫知的為盜者[5]，述古乃紿[6]之曰：「某廟有一鐘，能辨盜至靈。」使人迎置後閤[7]祠[8]之，引羣囚立鐘前，自陳[9]不為盜者，摸之則無聲，為盜者摸之則有聲。述古自率同職[10]，禱鐘[11]甚肅，祭訖[12]，以帷[13]圍之，乃陰使人以墨塗鐘。良久[14]，引囚逐一

解讀提示

保留噴霧：陳述古，翻譯時保留此詞。

替換槍：「的」即「確切、確實」。

增補黏土：「使」字前面補上省略了的主語「陳述古」。

替換槍：「引」即「帶領」。

擴詞器：「肅」擴展為「嚴肅」。

一詞多義：陰 （詳見第 98 頁）

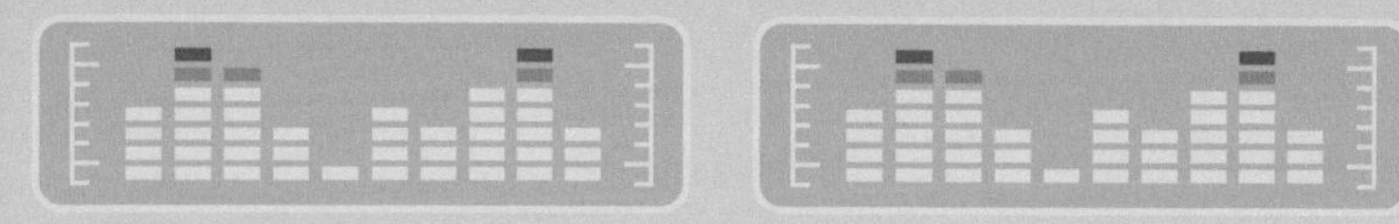

令引手入帷摸之，出乃驗其手，皆有墨，唯有一囚無墨，訊之，遂承為盜。蓋⑮恐鐘有聲，不敢摸也。

解讀提示

擴詞器：「訊」擴展為「審訊、審問」。

一詞多義：承
（詳見第 98 頁）

注釋

① **陳述古**：即陳襄，述古是他的字，福州侯官（今福建省閩侯縣）人，北宋時期的著名學者、文學家。

② **密直**：官銜，樞密院直學士的簡稱。陳襄曾官至樞密院直學士兼侍讀。

③ **知**：主持。宋時稱主持一縣政務者為知縣，一州者為知州，一府者為知府。

④ **建州浦城縣**：今福建省浦城縣。

⑤ **莫知的為盜者**：不知道是否確實為盜賊，即嫌疑犯。

⑥ **紿**：欺騙。「紿」 粵 代 普 dài

⑦ **閤**：同「閣」，中國一種傳統樓房，通常四周設有隔板或欄杆迴廊，供遠眺、遊憩、藏書、供佛之用。「閤」 粵 角 普 gé

⑧ **祠**：祭祀，這裏指供奉。「祠」 粵 詞 普 cí

⑨ **自陳**：親自述説。

⑩ **同職**：同僚。

⑪ **禱鐘**：對着鐘禱告。

⑫ **訖**：完畢。「訖」 粵 兀 (ngat⁶) 普 qì

⑬ **帷**：帳幔。

⑭ **良久**：過了很長時間。

⑮ **蓋**：原來是。

全面解讀

摸鐘　沈括《夢溪筆談》

陳述古在建州浦城縣做知縣時，有人丟失了東西，抓住了一些盜竊嫌疑犯，卻不能確切知道誰是真正的竊賊。於是他欺騙那些嫌疑犯説：「某某廟裏有一口鐘，能辨認

盜賊，特別靈驗。」陳述古派人把那口鐘抬到官署後閣，祭祀起來，然後帶這羣疑犯到鐘前，親自對那些疑犯説，沒有偷東西的人摸這口鐘，它不會響，偷了東西的人一摸它，鐘就會發出聲響。述古親自率領他的同僚，在鐘前很恭敬地祈禱。祭祀完畢，用帳子把鐘圍起來，又暗地裏讓人用墨汁塗在鐘上。過了很久，（鐘塗好以後，）帶領被捕的犯人一個一個地把手伸進帷帳裏去摸鐘，出來就檢驗他們的手，發現都有墨汁，只有一人手上無墨。述古審問這個人，於是他承認自己是盜賊。原來這個人是害怕鐘響，不敢去摸（，所以手上無墨）。

陳述古找到了竊賊，全因他掌握了犯人的心理。陳述古謊稱那口鐘辨認盜賊很靈驗，還恭敬地祈禱，讓人信以為真。犯人作賊心虛，自然不敢摸鐘。

他還用布圍着那口鐘，讓盜賊以為自己不摸鐘也沒有人知道。怎料陳述古還有一招——在鐘上塗墨汁！真是聰明機智！

文言尋識

一詞多義：陰

在文言文裏面，「陰」有多種意思，包括：

	詞性	意思
陰	名詞	1. 事物的影子 2. 古代哲學概念，與「陽」相對 3. 山的北面，水的南面
	形容詞	1. 昏暗 2. 寒冷
	副詞	暗中、秘密地

《摸鐘》一文中，「以帷圍之，乃陰使人以墨塗鐘」這句裏面，「陰」的意思是「暗中、秘密地」。

一詞多義：承

在文言文裏面，「承」字用作動詞時，有多種意思，包括：(1) 捧着、托着；(2) 承受、承接；(3) 承擔；(4) 發配；(5) 繼承、繼續。

在《摸鐘》一文裏面，「唯有一囚無墨，訊之，遂承為盜」，這句的「承」字意思是「承認」。

考考你，「承上啟下」的「承」字是什麼意思？

（答案見第 142 頁）

邊喝邊聊

古代的鐘有哪些作用？

現代的鐘主要是用來看時間，古代的鐘有什麼作用呢？

鐘在中國歷史悠久，例如成語「掩耳盜鐘」的故事發生在春秋時代，有人想偷一口鐘，但鐘太大，無法背走，便用錘子砸打，想把它打碎，卻使鐘發出巨大響聲。那人擔心別人聽到鐘聲，便捂着耳朵繼續砸鐘。這故事不但諷刺那些自欺欺人的人，還證明了鐘的歷史。

古代的「鐘」是一種傳統打擊樂器，起源於商朝。形狀呈倒碗形，上窄下寬，多為金屬製。人們把多個大小和音色不同的鐘編成一組，稱為「編鐘」。

自佛教傳入中國後，鐘也成為佛教法器之一，稱為「梵鐘」，為寺院報時、集合羣眾之用。

由於鐘的聲音響亮，能傳播到很遠的地方，在古代也用作突發事件發生時示警之用，有點像現在的消防警鐘。

反思學習

1. 你覺得陳述古是個怎樣的官員？他有哪些優點值得我們學習？
2. 陳述古測試疑犯的方法在現今社會行得通嗎？為什麼？
3. 假如你的班上有同學丟失了財物，你認為應該怎樣處理？
4. 認識人的心理，有什麼作用？

任務總結三

我們順利完成了任務 7 - 10，現在一起重溫內容，總結一下學習的成果。大家預備好就開始吧！

內容理解力

《孫叔敖埋兩頭蛇》

1. 以下哪一項**不符合**文章內容？

◯ A. 孫叔敖把蛇殺死並埋掉。

◯ B. 孫母反對孫叔敖把蛇殺死並埋掉。

◯ C. 孫母相信上天必然會報答做好事的人。

◯ D. 孫叔敖聽人説過看見兩頭蛇的人會死掉。

2. 以下哪一項**不是**孫叔敖的性格特點？

◯ A. 衝動魯莽

◯ B. 為人設想

◯ C. 個性善良

◯ D. 孝順長輩

3. 以下哪一項是孫叔敖母親的特點？

◯ A. 迷信 ◯ B. 勇敢

◯ C. 有智慧 ◯ D. 願意反省

《周處除三害》

1. 以下哪一項**不符合**周處年少時的個性？

◯ A. 仗恃武力　◯ B. 好逞意氣

◯ C. 心高氣傲　◯ D. 勇於改過

2. 以下哪一項符合故事內容？

◯ A. 義興的河中有巨蟒。

◯ B. 義興的山上有巨獅。

◯ C. 周處成了為民除害的大英雄。

◯ D. 周處是鄉人眼中最大的禍害。

3. 當周處聽到鄉親以為他死了而慶賀，他有什麼感受？

◯ A. 老羞成怒　◯ B. 傷心悲泣

◯ C. 醒悟悔疚　◯ D. 懷恨於心

《閔子騫童年》

1. 以下哪一項**不符合**文章內容？

◯ A. 閔子騫對後母孝順敬愛。

◯ B. 閔子騫的父親娶了個後妻。

◯ C. 父親的後妻生了兩個孩子。

◯ D. 閔子騫向來得不到父親喜愛。

2. 圈出正確的答案。

閔子騫雙手冰冷，冷得抓不穩韁繩，這是因為後母在給他穿的冬衣裏鋪上（棉花絮 ／ 蘆葦花絮），這樣的衣服（能保暖 ／ 不能保暖）。

3. 以下哪一項**不是**閔子騫的性格特點？

◯ A. 為人孝順

◯ B. 待人以善

◯ C. 猶豫不決

◯ D. 處事忍耐

《摸鐘》

1. 以下哪一項**不符合**文章內容？

◯ A. 縣裏發生了大鐘失竊案。

◯ B. 廟裏的鐘並不能辨認盜賊。

◯ C. 官員抓住到了一羣嫌疑犯。

◯ D. 官員最初不能確認誰是真正的竊賊。

2. 為什麼那羣嫌疑犯裏有一人手上無墨？

◯ A. 因為廟裏的鐘顯靈。

◯ B. 因為他作賊心虛，沒有摸鐘。

◯ C. 因為他摸鐘時用布包裹着手。

◯ D. 因為他用鞋子觸碰大鐘，而不是用手。

3. 以下哪一項最適合用來形容陳述古？

◯ A. 陰險奸詐　　◯ B. 大顯神通

◯ C. 老謀深算　　◯ D. 神機妙算

文言解讀力

以下句子中方框內的紅色字是什麼意思？

1. 恐[去]母死，是以泣也。（《孫叔敖埋兩頭蛇》）

◯A. 前往　◯B. 導致　◯C. 離開

2. 汝必不死，天必[報]汝。（《孫叔敖埋兩頭蛇》）

◯A. 報答　◯B. 報怨　◯C. 回信

3. 叔敖[竟]不死，遂為楚相。（《孫叔敖埋兩頭蛇》）

◯A. 畢竟　◯B. 終究　◯C. 竟然

4. 義興人謂為「三橫」，而處尤[劇]。（《周處除三害》）

◯A. 劇毒　◯B. 強烈　◯C. 嚴重

5. [或]説處殺虎斬蛟。（《周處除三害》）

◯A. 有人　◯B. 或許　◯C. 或者

6. 或[説]處殺虎斬蛟。（《周處除三害》）

◯A. 解釋　◯B. 喜悦　◯C. 勸説

7. 騫供養父母，孝敬無[怠]。（《閔子騫童年》）

◯A. 勉強　◯B. 懶散　◯C. 輕慢

8. 冬月，遣子御車，騫不[堪]甚。（《閔子騫童年》）

◯A. 承受　◯B. 顯現　◯C. 難過

9. 冬月，遣子御車，騫不堪[甚]。（《閔子騫童年》）

◯ A. 怎樣　◯ B. 嚴重　◯ C. 甚至

10. 述古乃[紿]之曰……（《摸鐘》）

◯ A. 教訓　◯ B. 欺騙　◯ C. 勸説

11. [引]羣囚立鐘前。（《摸鐘》）

◯ A. 帶領　◯ B. 指揮　◯ C. 指責

12. 乃[陰]使人以墨塗鐘。（《摸鐘》）

◯ A. 陰險　◯ B. 故意　◯ C. 暗中

自我評估

這次任務順利完成，大家解讀文言文的能力增強了嗎？能學到古人的智慧嗎？試給自己評分，把星星塗滿。（3 顆 = 能夠掌握；2 顆 = 初步掌握；1 顆 = 仍需努力）

❶ 我知道「遂」的意思。---------- ☆☆☆
❷ 我明白「說」有不同讀音和意思。---------- ☆☆☆
❸ 我知道「遣」的意思。---------- ☆☆☆
❹ 我知道「取、御」能作通假字。---------- ☆☆☆
❺ 我知道「陰」的意思。---------- ☆☆☆
❻ 我做事能為人設想。---------- ☆☆☆
❼ 我願意承認自己的過錯，並努力改正。---------- ☆☆☆
❽ 我會努力孝順長輩。---------- ☆☆☆

第四章

古人價值觀

任務 11　愛蓮說　周敦頤

實地考察

趣趣博士，我們不是要破解古文任務嗎？怎麼來到荷花池？

文文，言言，你們看這裏是不是很清幽雅致？

對啊，池裏有很多盛放的荷花，一朵一朵粉紅色的，散發着香氣，好像一個個香薰燭台。

我覺得自然的荷塘美景比人工的香薰燭台要美得多呢！

古人不但欣賞荷花的清香和美態，還頌揚荷花的個性。

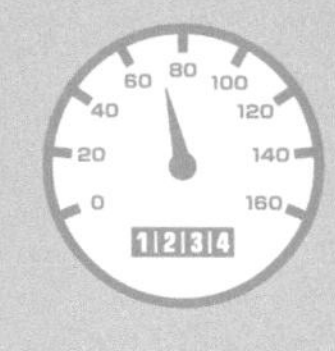

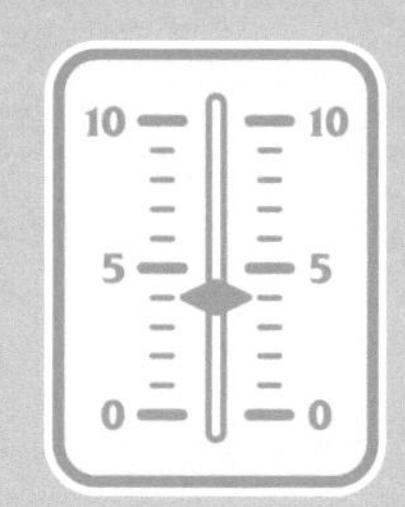

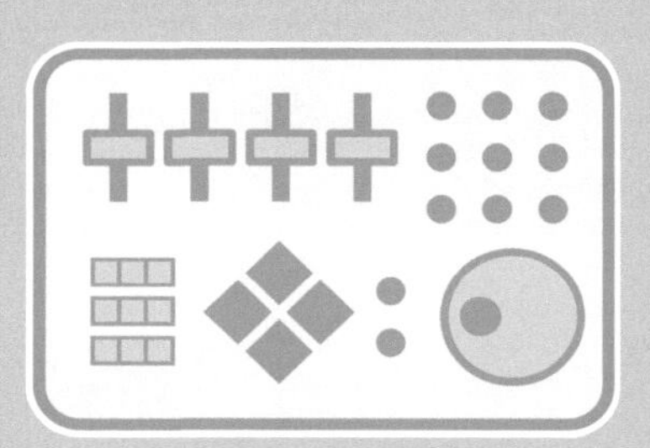

荷花是植物不是人啊，有什麼個性不個性呢？

古人可不這麼想，他們觀察植物的生長特點，把人的品格寄託到植物上。好像青竹是又高又挺的，人們就聯想到清高正直的人。

原來如此，那麼古人認為荷花像怎樣的人呢？

荷花那麼清雅脫俗，應該是個美少女吧！

我先賣個關子，待會兒你們就知道。拿好法寶**替換槍**、**擴詞器**和**音義魔箭**吧！

愛蓮說[1]

周敦頤

水陸草木之花，可愛者甚蕃，晉陶淵明[2]獨愛菊。自李唐[3]來，世人甚愛牡丹[4]；予獨愛蓮之出淤泥[5]而不染[6]，濯清漣而不妖[7]；中通外直[8]，不蔓不枝[9]，香遠益清[10]，亭亭淨植[11]，可遠觀而不可褻玩[12]焉。予謂菊，花之隱逸者[13]也。牡丹，花之富貴者也。蓮，花之君子者也。

解讀提示

替換槍：
- 「可愛」是「值得喜愛」的意思。
- 「蕃」是「繁多」的意思。

擴詞器：
- 「獨」擴展為「唯獨」。
- 「通」擴展為「貫通」。
- 「直」擴展為「筆直」。

音義魔箭：「予」是代詞「我」的意思，此指作者周敦頤。「予」 粵 余 普 yú

替換槍：「益」即「更加」。

一詞多義：焉
（詳見第 112 頁）

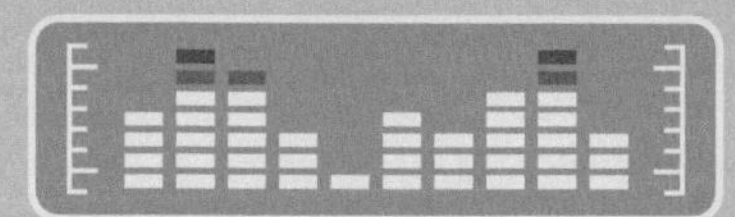

噫[14]！菊之愛，陶後鮮有聞[15]；蓮之愛，同予者何人？牡丹之愛，宜乎眾矣[16]。

解讀提示

一字多音：鮮
（詳見第 113 頁）

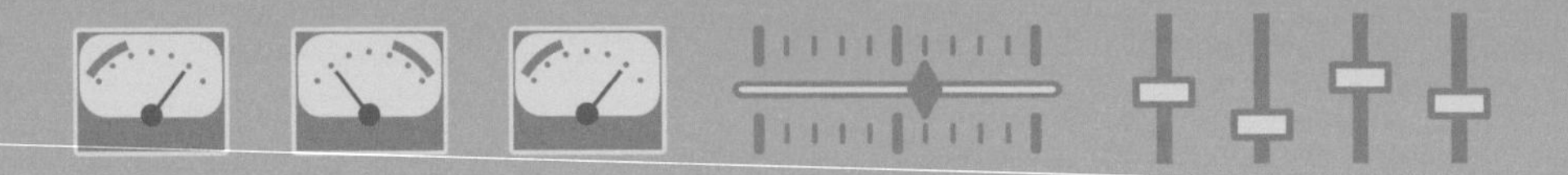

注釋

① **説**：文體的一種，一般重在説明、解説，凡以「説」命題的文章，往往帶有雜文、雜感的性質。

② **陶淵明**：即陶潛，晉代大詩人。

③ **李唐**：指唐朝，因皇帝姓李，所以稱李唐。

④ **牡丹**：花朵碩大豔麗，唐朝的人極為喜愛，尊為「國色天香」；京城名種，價值逾萬。劉禹錫《賞牡丹》詩云：「惟有牡丹真國色，花開時節動京城」。

⑤ **淤泥**：污泥。

⑥ **不染**：不受污濁環境的玷污。

⑦ **濯清漣而不妖**：濯，清洗。清漣，清水。妖，妖媚。全句指經過清水的洗滌，顯得潔淨而不妖媚。「濯」 粵 昨 普 zhuó

⑧ **中通外直**：指蓮花的莖中間貫通，外表筆直。

⑨ **不蔓不枝**：不蔓延生長，無枝葉。

⑩ **香遠益清**：香氣遠飄，更加覺得清香撲鼻。

⑪ **亭亭淨植**：亭亭，聳立的樣子。淨植，潔淨地直立。潔淨地挺立在水面上。

⑫ **褻玩**：褻，親近而態度不莊重。褻玩指肆意玩弄。
「褻」 粵 屑 普 xiè

⑬ **隱逸者**：隱居的人。

⑭ **噫**：歎詞，「唉」的意思。

⑮ **菊之愛，陶後鮮有聞**：自陶淵明之後就很少聽説有人這樣愛菊了。

⑯ **牡丹之愛，宜乎眾矣**：宜乎，當然。喜愛牡丹的，當然人多得很呀。

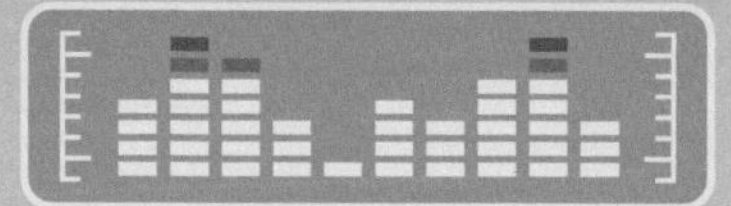

全面解讀

愛蓮説　　周敦頤

水上、陸地上各種草本、木本的花，值得喜愛的非常多。晉代的陶淵明唯獨喜愛菊花。從李氏唐朝以來，世人大多喜愛牡丹。我唯獨喜愛蓮花從積存的淤泥中生長出來卻不被污染，經過清水的洗滌卻不顯得妖豔。（它的莖）中間貫通、外形挺直，不蔓延生長也不旁生枝節，香氣傳播到很遠，顯得更加清香，而且它筆直潔淨地豎立在水中。（人們）可以遠遠地觀賞（蓮），但不可輕易地玩弄它啊。我認為菊花，是花中的隱士；牡丹，是花中的富貴人家；蓮花，是花中品德高尚的君子。唉！對於菊花的喜愛，自陶淵明之後就很少聽到了。對於蓮花的喜愛，像我一樣的還有什麼人呢？對於牡丹的喜愛，人數當然就很多了！

作者通過**讚美蓮花**「出淤泥而不染」的高尚品格，**表達自己高潔的志趣以及不與世俗同流合污的處世態度。**

我們也要向他學習，立志**做個品德高尚的人！**

文言尋識

一詞多義：焉

「焉」在文言文裏身兼多種意思，以下是幾種常見的用法：

<table>
<tr><th></th><th>詞性</th><th>意思</th></tr>
<tr><td rowspan="4">焉</td><td>疑問代詞</td><td>怎、怎麼、哪裏</td></tr>
<tr><td>連詞</td><td>就、則</td></tr>
<tr><td>代詞</td><td>第三人稱，相當於「他、她、牠、它」等</td></tr>
<tr><td>助詞</td><td>1. 用於句末，表示反問語氣，相當於「呢」
2. 用於句末，相當於「了、啊」，或不譯</td></tr>
</table>

《愛蓮說》裏面，「可遠觀而不可褻玩焉」這一句的「焉」（粵然　普yān）用作助詞，相當於「啊」。

又如由《塞翁失馬》一文引申出來的「塞翁失馬，焉知非福」，這句的「焉」（粵煙　普yān）用作疑問代詞，相當於「怎」。

一字多音：鮮

「鮮」是個多音字，不同讀音代表的詞性和意思包括：

<table>
<tr><th></th><th>字音</th><th>詞性</th><th>意思</th></tr>
<tr><td rowspan="3">鮮</td><td rowspan="2">粵 先
普 xiān</td><td>名詞</td><td>鮮魚</td></tr>
<tr><td>形容詞</td><td>1. 新鮮、美味
2. 鮮明、鮮豔</td></tr>
<tr><td>粵 癬
普 xiǎn</td><td>形容詞</td><td>少</td></tr>
</table>

例如《愛蓮說》一文中：

菊之愛，陶後鮮有聞。

這裏的「鮮」解作「少」，粵語裏讀「癬」，普通話讀 xiǎn。全句意思是：「自陶淵明之後就很少聽說有人這樣愛菊了。」

考考你，「鮮為人知」的「鮮」解作什麼？應該怎樣讀呢？（答案見第 143 頁）

盤中鮮果可愛者甚蕃，
欲啖之。

可遠觀而不可褻玩焉。

邊喝邊聊

大詩人陶淵明有多喜愛菊花？

文章說晉代的陶淵明唯獨喜愛菊花，他有多喜愛？他會種菊花、喝菊花茶嗎？

其實晉代大詩人陶淵明對菊花的喜愛和他的際遇有密切關係。他仕途不順利，令他對朝廷極為失望，後來毅然離開官場，歸隱田園。

一般的花在春天盛開，菊花卻在秋冬綻放，勇於挑戰風霜。他認為菊花就代表了自己的美好品質，時刻用菊花來勉勵自己，不與世俗同流合污。他不但親手栽種菊花，還在作品中多次提到菊花，《飲酒》詩中的「采菊東籬下，悠然見南山」，更是千古傳誦的名句。

反思學習

1. 蓮花給你什麼感覺？你認同作者對蓮花的看法嗎？
2. 你最喜歡哪一種花？你認為它可以象徵什麼呢？它有值得你學習的地方嗎？
3. 人的喜好跟性格有沒有關係？為什麼？
4. 你覺得現今的人過分追求金錢和物質享受嗎？為什麼？
5. 你認識一些抱有崇高理想的人嗎？這些人追求的是什麼？你認同他們的追求嗎？

任務 12 春夜宴從弟桃花園序

李白

實地考察

趣趣博士，這個星期我們到哪裏了？這裏長滿桃花，好漂亮啊！

這是唐代的一個園林，時值春天，有一位著名詩人和同姓兄弟在這裏舉行宴會。

唐代著名詩人？那個拿着酒杯的人有點面熟呢……難道是大詩人李白？

嘩，我們遇到了大詩人李白？在春天喝酒、賦詩，看來是歌頌春暖花開，生機勃勃吧！

那位正是詩仙李白！古人喜愛賦詩詠懷，李白才華非凡，他抒發的應該不是簡單的情懷。我們快些過去一睹大詩人的風采！

春夜宴從弟[1]桃花園序[2]

李白

夫天地者，萬物之逆旅[3]也；光陰者，百代之過客也。而浮生[4]若夢，為歡幾何？古人秉燭夜遊[5]，良有以也[6]。況陽春召我以煙景[7]，大塊假我以文章[8]。會桃花之芳園[9]，序天倫[10]之樂事。羣季[11]俊秀[12]，皆為惠連[13]；吾人詠歌[14]，獨慚康樂[15]。幽賞未已[16]，高談轉清[17]。開瓊筵以坐

解讀提示

一字多音：夫
（詳見第 120 頁）

替換槍：
- 「百代」是「很長的歲月」的意思。
- 「幾何」是「多少」的意思。
- 「況」是「況且，何況」的意思。

擴詞器：「過客」擴展為「過路的旅客」。

調整尺：「陽春召我以煙景，大塊假我以文章」的語序與現今的不同，調整後即「陽春以煙景召我，大塊以文章假我」。

古今義：大塊、文章、季
（詳見第 121 頁）

花[18]，飛羽觴而醉月[19]。不有佳詠，何伸雅懷？如詩不成，罰依金谷酒數[20]。

解讀提示

增補黏土：「會」字前面補上省略了的主語「我和同族的弟弟」。

替換槍：
- 「序」通「敍」，敍說。
- 「吾人」即代詞「吾」，「我」的意思。
- 「不有」即「沒有」。

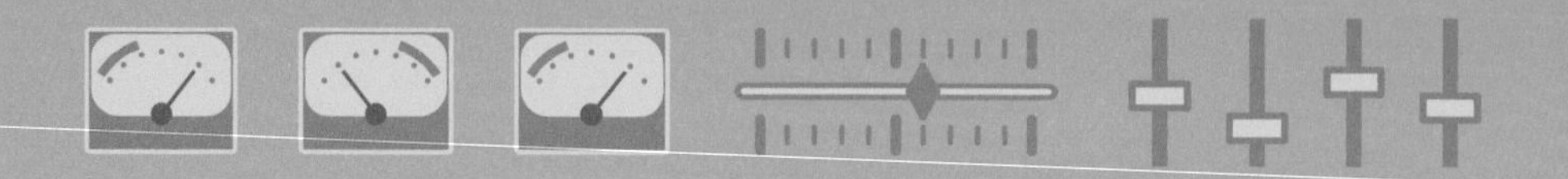

注釋

① **從弟**：即堂弟，不過在唐代凡同姓即可結為兄弟叔姪，所以從兄弟之間未必有血緣關係。

② **序**：文體的一種。古人宴飲，往往推舉一人撰寫文章，記述聚會酬唱的緣起，並作為當時所作詩歌的總序。

③ **逆旅**：客舍，旅館。

④ **浮生**：對人生的一種消極看法，認為世事無定，生命脆弱，飄浮不踏實。

⑤ **秉燭夜遊**：秉，握。燭，火把。舉着火把晚上出遊。語出《古詩十九首》：「晝短苦夜長，何不秉燭遊？」有人生短促、當及時行樂的意思。「秉」 粵 丙 普 bǐng

⑥ **良有以也**：良，的確，真的。以，通「因」，因由，緣故。「良有以也」即「真是有道理啊」。

⑦ **陽春召我以煙景**：召，一作「招」，招喚，引申為吸引。煙景，指春天朦朧的景色。全句意思是「春天以美麗的景色來吸引我」。

⑧ **大塊假我以文章**：大塊，大地。假，借，這裏有「提供」的意思。文章，此指大自然中各種景象、色彩等。全句意思是「大地賜我各種美景」。

⑨ **會桃花之芳園**：在芬芳的桃花園中聚會。「桃花」一作「桃李」。

⑩ **天倫**：指父子、兄弟等親屬關係，這裏專指兄弟。

⑪ **羣季**：季，原意是幼小，這裏指弟弟。「羣季」即幾位弟弟。

⑫ **俊秀**：原指容貌清秀美麗，此指才智傑出。

⑬ **惠連**：即謝惠連，南朝宋代文學家，自幼聰慧，十歲便能作文，與族兄謝靈運並稱「大、小謝」。

⑭ **詠歌**：作詩吟詠。

⑮ **獨慚康樂**：康樂，即謝靈運，南朝宋代著名詩人，以山水詩見長，襲封康樂公，故名康樂。「獨慚康樂」即自愧不如謝靈運。

⑯ **幽賞未已**：幽賞，沉靜、安閒地欣賞。未已，沒有停止。「幽賞未已」即幽雅地欣賞夜景還沒有盡興。

⑰ **高談轉清**：轉，轉入。高談闊論中話題變得清雅。

⑱ **開瓊筵以坐花**：擺開美好的筵席，並在花叢中落座。

⑲ **飛羽觴而醉月**：羽觴，古代酒器，形如雀鳥。全句意思是「飛快地傳遞着酒杯，醉倒於月色下」。「觴」 粵 傷 普 shāng

⑳ **罰依金谷酒數**：意思是罰酒三杯。晉代富豪石崇家有金谷園，石崇常在園中與友人宴飲，即席賦詩，不會作的要罰酒三杯。

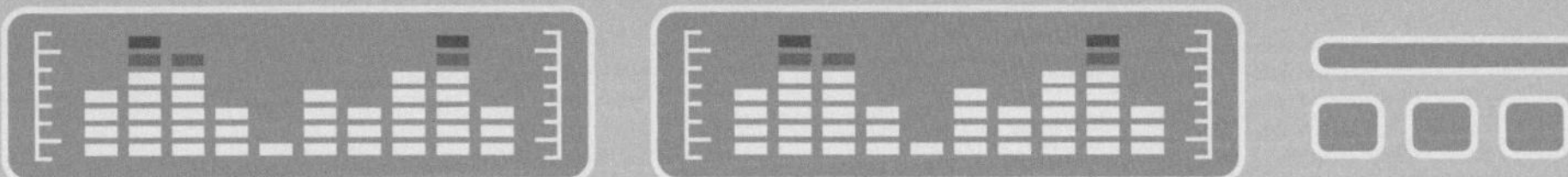

全面解讀

春夜宴從弟桃花園序　李白

天地是萬物暫宿的旅舍，光陰是百代流轉的過客。流轉不定的人生像一場大夢，快樂的日子能有多少？所以古人手持燭火在長夜遊玩，真是有道理啊。況且這溫暖的春天以絢麗的景色來吸引我，大自然把各種美好的景象賜予我，（我和同族兄弟）這一天在這桃花芬芳的名園聚會，暢敘天倫之樂。幾位弟弟英俊聰敏，都是謝惠連那樣優秀的人物；我雖吟詩作賦，卻自愧不如謝靈運。大家對幽雅的景致觀賞未盡，高談闊論又轉向清新的話題。華麗的筵席擺好了，大家在花叢裏就坐，飛快地傳遞着酒杯，醉倒於月色之下。沒有美妙的詩章，怎能抒發高雅的情懷？如果誰作詩不成，就按照金谷園宴會的規矩罰酒三杯。

這篇文章抒寫作者與同姓兄弟春夜在桃花盛開的園林舉行宴會，暢飲美酒，賦詩詠懷，暢敘天倫之樂的情趣。

作者在文中流露出**浮生若夢，及時行樂**的思想。

文言要識

一字多音：夫

「夫」在文言文裏是個多音字，不同讀音代表的詞性和意思有：

	字音	詞性	意思
夫	粵 敷 普 fū	名詞	1. 成年男子、大丈夫 2. 丈夫
	粵 扶 普 fú	代詞	這、那
		語氣助詞	1. 用在句首，引起議論 2. 用在句末，表示感歎，相當於「啊」、「吧」

在《春夜宴從弟桃花園序》裏面，開首的「夫天地者，萬物之逆旅也」一句，「夫」（粵 扶　普 fú）是語氣詞，用於句首，引領下文作者的觀點，現代漢語沒有與此相應的詞語，不用譯出。

考考你，本系列中階篇《三人成虎》一文中，「夫市之無虎明矣」，這裏的「夫」是什麼意思？應該怎樣讀？

（答案見第 143 頁）

閱讀文言文時，看到句首的「夫」，別一律當成「夫子」或「丈夫」，在句首的往往只是發表議論，並且要注意讀音啊！

古今義：大塊、文章、季

隨着語言演變，有些詞語在古代和現代的意義和用法已變得不同，例如《春夜宴從弟桃花園序》裏的以下詞語：

字例	古義	今義	詞義變化的情況
大塊	大自然	大的塊頭	詞義縮小
文章	色彩錯雜的花紋	篇幅不很長的單篇作品	詞義轉移
季	弟弟	季節、季度	詞義轉移

了解詞語的古今意義，有助準確解讀文言文，並加深對古代文化的了解。

這衣服上的「文章」真不錯！

這「大塊」真悅目，令人心曠神怡！

邊喝邊聊

李白是來自天上的仙人？

我們讀過李白小時候遇見老婆婆「鐵杵磨針」的故事，還有哪些關於李白的故事呢？

青年時期的李白到了長安，聽說著名詩人賀知章喜歡提拔年輕人，就帶了自己歷年所作的詩文去拜訪他。賀知章讀了李白的詩文，驚為奇才，讚許道：「此天上謫仙人也！」更把官服佩帶的「金龜」解下來換取美酒，宴請李白。兩人把酒言歡，相識恨晚。

後來賀知章把李白推薦給了朝廷。唐玄宗看了賀知章的薦表和李白的詩文，親自在金鑾殿接見李白，聽他高談闊論。雖然李白不曾參加科舉考試，沒有「進士」功名，但玄宗也破格拔擢，任命他為「翰林供奉」。

李白擁有曠世才華，難怪名士和帝王都驚為天人！

反思學習

1. 你有「長大後才努力」、「待找到目標才努力」這類想法嗎？
2. 什麼情況下你會覺得時間過得太快或太慢？如何能珍惜時間？
3. 有些年長的人說：「如果我年輕一點，便會怎樣怎樣……」聽到這樣的話，給了你什麼啟示？
4. 你覺得李白的想法消極嗎？

任務 13 朱子家訓（節錄） 朱柏廬

實地考察

文文，言言，你們今天有個特別任務！先拿着這裏的口罩、手套和清潔用品。

特別任務？這個星期的任務不就是解讀《朱子家訓》嗎？

這件東西很像掃帚，是解讀文言文的新法寶嗎？

哈哈哈！趣趣博士，別跟我們開玩笑了！

那不是新法寶啊，是如假包換的掃帚……唉，原本想叫你們去打掃彩虹公園的……你們讀過《朱子家訓》就會明白我的良苦用心！

朱子家訓（節錄） 朱柏廬

黎明[①]即起，灑掃庭除[②]，要內外整潔。既昏便息，關鎖門户，必親自檢點[③]。一粥一飯當思來處不易；半絲半縷[④]，恆念物力維[⑤]艱。宜未雨而綢繆[⑥]，毋臨渴而掘井[⑦]。自奉[⑧]必須儉約，宴客切勿留連[⑨]。器具質[⑩]而潔，瓦缶[⑪]勝金玉。飲食約而精[⑫]，園蔬愈珍饈。

解讀提示

替換槍：
- 「即」是「就，立刻」的意思。
- 「既」即「已經」。

擴詞器：「昏」擴展為「黃昏」。

替換槍：
- 「恆念」即「經常想到」。
- 「物力」指「物資」。

一詞多義：質
（詳見第 127 頁）

替換槍：
- 「愈」即「勝過」。
- 「珍饈」即「珍貴的食物」。

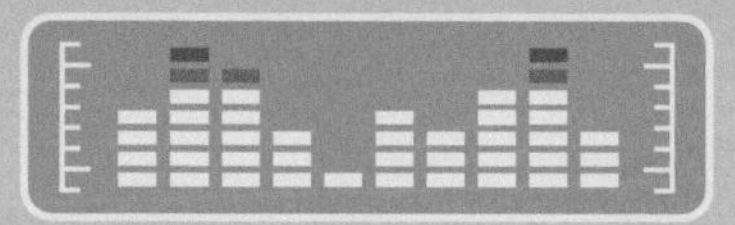

注釋

① **黎明**：指天快要亮或剛亮的時候。
② **庭除**：庭前階下，庭院。
③ **檢點**：細心察看。
④ **半絲半縷**：半，少許。絲縷，絲線。此處泛指衣物。
⑤ **維**：亦作「唯」、「惟」，語氣助詞，用於句首或句中。
⑥ **未雨而綢繆**：指凡事要預先準備，以防患於未然。出於《詩經・豳風・鴟鴞》，其中的「迨天之未雨，徹彼桑土，綢繆牖戶」，借一隻鳥的口吻說：趁天還未下雨，去取來桑樹的根鬚，把巢穴的縫隙緊密地纏繞起來，以備陰雨之患。
⑦ **臨渴而掘井**：到了口渴的時候才挖井取水，比喻事到臨頭才想辦法。
⑧ **自奉**：自己的生活消費。
⑨ **留連**：捨不得離開。
⑩ **質**：樸素。
⑪ **瓦缶**：一種瓦製的容器，小口大腹，俗稱瓦罐。「缶」 粵 否 普 fǒu
⑫ **約而精**：簡單而品質精純。

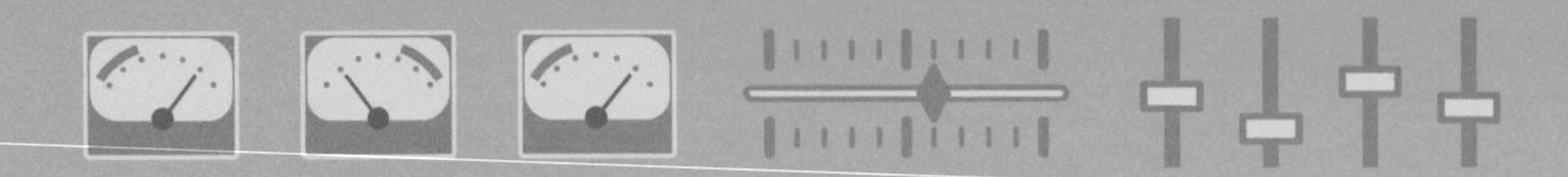

全面解讀

朱子家訓（節錄） 朱柏廬

每天清早天還沒亮就起來，打掃庭院，務必使裏裏外外整齊潔淨。黃昏已過便休息，關好門窗上好鎖，一定要親自檢查一遍。我們吃飯喝粥的時候，應當想到稻米得來不易。我們穿戴整齊的時候，應當想到衣物製作過程之中，用了多少人力物力，這些物資實在得來不易。凡事要做好準備，防患未然，不要事到臨頭才想辦法。日常生活的支出，必須儉樸節約，宴請客人也要有所節制，不要通宵達旦。家裏的器皿樸素而潔淨就可以了，一個瓦罐子比貴重的器物更實用。飲食簡單而精純，蔬菜比貴重珍奇的食品更富營養。

這篇短文節錄了《朱子家訓》裏開頭的部分。它運用易於誦讀的對偶句式，表達了**勤儉持家**、**杜絕浪費**、**講究衛生**、**飲食清淡**等治家處世的樸素哲理。

這些哲理直到今天仍能給人啟示，我要好好背誦下來。

一詞多義：質

「質」在文言文裏身兼多種意思，以下是幾種常見的用法：

	詞性	意思
質	名詞	1. 質地 2. 人質、抵押品
	動詞	作人質、作抵押品
	形容詞	樸素、質樸

看看《朱子家訓》（節錄）裏面「質」的用法：

器具質而潔，瓦缶勝金玉。

這裏的「質」即「樸素」。「器具質而潔」，意思是「器皿樸素而潔淨就可以了」。

考考你，本系列中階篇《三人成虎》一文中，「龐葱與太子質於邯鄲」的「質」字代表什麼意思？該怎樣讀？

（答案見第 143 頁）

中華民族自古就崇尚節儉嗎？

祖父母和外祖父母都教我要節儉，提倡節儉的古人也不少。中華民族自古就崇尚節儉嗎？

中華民族自古就以勤儉作為一種傳統美德。《周易》提出「君子以儉德辟難」，大意是君子用儉樸的德行來防止奢靡腐化，並避免危難。

在先秦諸子之中，墨子以刻苦儉省的生活態度聞名。他反對浪費鋪張，提倡節儉。墨子說：「儉節則昌，淫佚則亡」。歷史上，大至興邦國，小到家庭，興盛於勤儉，破敗於奢靡。儒家文化同樣重視勤儉，這種美德也傳承至今。

勤儉有助於防患未然，不可輕視。即使在物質財富相對豐富的今天，戒奢從儉仍是值得我們崇尚的品德修養。

反思學習

1. 「朱子家訓」中哪一項對你最有啟發？為什麼？
2. 你是個節儉的人嗎？試舉一個例子來證明。
3. 你懂得自律嗎？有沒有讓父母操心的地方？
4. 你有儲蓄的習慣嗎？存下來的錢，你打算用來做什麼？為什麼？
5. 現今社會經濟繁榮，物質豐富，人們還需要節約嗎？為什麼？

任務總結四

我們順利完成了任務 11 - 13，現在一起重溫內容，總結一下學習的成果。大家預備好就開始吧！

內容理解力

《愛蓮說》

1. 以下哪一項符合文章內容？

◯ A. 唐代的人喜歡菊花和牡丹。

◯ B. 晉代的陶淵明唯獨喜愛桃花。

◯ C. 作者認為牡丹是花中的富貴者。

◯ D. 作者認為除了蓮花外，其他花都不值得喜愛。

2. 蓮花「出淤泥而不染」代表以下哪一種君子的特質？

◯ A. 不妖豔　　◯ B. 不被污染

◯ C. 正直善良　　◯ D. 不屈不撓

3. 作者說：「蓮之愛，同予者何人？」意思是什麼？

◯ A. 其他人都比不上自己。

◯ B. 人們都寧願隱居，離開世俗。

◯ C. 人們都不同意他的話，疏遠他。

◯ D. 跟他一樣追求高尚品格的人不多。

《春夜宴從弟桃花園序》

1. 以下哪一項**不符合**宴會的情況？

   ◯ A. 作者和弟弟們共聚天倫。

   ◯ B. 作者和弟弟們一起吟詩作賦。

   ◯ C. 作者規定每人只能喝三杯酒。

   ◯ D. 作者在桃花芬芳的名園舉行晚宴。

2. 以下哪一項符合作者的想法？

   ◯ A. 自己的兄弟資質平庸。

   ◯ B. 人要把握時間，及時行樂。

   ◯ C. 寧願獨自一人對着月色喝酒。

   ◯ D. 自己的才華及得上前朝著名詩人謝靈運。

3. 作者覺得古人手持燭火在長夜遊玩是有道理的，以下哪一項**不是**他抱持的原因？

   ◯ A. 美景難求　◯ B. 生命短促

   ◯ C. 世事無定　◯ D. 人生如夢

《朱子家訓》(節錄)

1. 以下哪一項符合文章內容？

   ◯ A. 天還沒亮就要起來讀書。

   ◯ B. 晚飯過後便休息，關好門窗。

   ◯ C. 家裏物件即使破爛崩缺仍要使用。

   ◯ D. 宴請客人要節制，不要通宵達旦。

2. 「宜未雨而綢繆」是教大家哪一種美德？

◯ A. 精打細算。

◯ B. 注重環保。

◯ C. 凡事要做好準備。

◯ D. 凡事作最壞打算。

3. 作者為什麼要寫這篇文章？

◯ A. 批評人們浪費的風氣。

◯ B. 勸諫皇帝要推行節儉，杜絕浪費。

◯ C. 教導人們追求樸素生活，勤儉持家。

◯ D. 教孩子從小就要注重衞生、飲食清淡。

文言解讀力

以下句子中方框內的紅色字詞是什麼意思？

1. 水陸草木之花，可愛者甚蕃。（《愛蓮説》）

◯ A. 少　◯ B. 複雜　◯ C. 繁多

2. 濯清漣而不妖。（《愛蓮説》）

◯ A. 灌溉　◯ B. 清洗　◯ C. 浸泡

3. 牡丹之愛，宜乎眾矣。（《愛蓮説》）

◯ A. 適當　◯ B. 適應　◯ C. 當然

4. 古人秉燭夜遊。（《春夜宴從弟桃花園序》）

◯ A. 放下　◯ B. 點燃　◯ C. 拿着

5. 羣季[俊秀]，皆為惠連。（《春夜宴從弟桃花園序》）

◯ A. 清秀美麗　◯ B. 才智傑出　◯ C. 口齒伶俐

6. 不有佳詠，何[伸]雅懷？（《春夜宴從弟桃花園序》）

◯ A. 伸展　◯ B. 抒發　◯ C. 抱住

7. [既]昏便息，關鎖門户。（《朱子家訓》(節錄)）

◯ A. 已經　◯ B. 正值　◯ C. 忽然

8. [恆]念物力維艱。（《朱子家訓》(節錄)）

◯ A. 恆心　◯ B. 長久　◯ C. 經常

自我評估

這次任務順利完成，大家解讀文言文的能力增強了嗎？能學到古人的智慧嗎？試給自己評分，把星星塗滿。（3 顆＝能夠掌握；2 顆＝初步掌握；1 顆＝仍需努力）

❶ 我明白「焉、鮮」各有不同的意思。☆☆☆
❷ 我知道發語詞「夫」可以不用譯出。☆☆☆
❸ 我明白「大塊、文章、季」的古義。☆☆☆
❹ 我明白「質」的不同意思。☆☆☆
❺ 我會培養高潔的志趣。☆☆☆
❻ 我會珍惜和家人相處的時光。☆☆☆
❼ 我懂得欣賞儉樸的生活態度。☆☆☆
❽ 我會未雨綢繆，凡事做好準備。☆☆☆

我的感想

經過十三個任務後，趣趣博士、文文和言言有什麼感想呢？

感謝科學家叔叔給我這麼神奇的法寶，還有兩位好搭檔文文和言言的幫助！這次我們如願以償，成功破解了這十三個任務，換句話說，我們總共已破解了三十八篇文言文！興奮的感覺難以言喻，感覺自己的文言理解力又提升了！接下來我還有十二個任務，希望我的好友能繼續和我一起完成所有任務！

古代世界真令人大開眼界！這趟十三個任務中，有幾個是古代的奇聞——《東施效顰》、《塞翁失馬》、《孫叔敖埋兩頭蛇》、《周處除三害》、《摸鐘》，我們層層深入地理解事件內容，好像偵探查辦案件，有些事件的發展真令人嘖嘖稱奇！人們總以為學文言文很沉悶，要是他們跟我們一起探索就會完全改觀了，古文世界真的令人流連忘返！

破解古文任務的旅程拓闊了我的視野，開啟了我的智慧，對我的人生有重大的啟發！在旅程中不但加深了對文言文的認識、學懂解讀文言文的方法，更明白到古代人的生活狀況和想法，以及很多深刻的處世道理！「十年樹木，百年樹人」，我也要把握時間，規劃好人生，將來得到豐碩收穫！

完成這十三個任務後，你對哪幾篇文言文的印象特別深刻呢？試把感想記下來。

❶ 在本冊選出你喜愛的寓言，然後簡述原因。

❷ 從本冊中選一則你喜愛的奇聞故事，然後簡述原因。

❸ 如果你是這本書十三篇文言文裏的一個角色，你會是誰？你會做些什麼？有什麼想法？

❹ 試在這本書十三篇文言文裏面選出一句發人深省的格言，然後設計成書簽或勉勵卡。

解讀文言七種法寶詳細用法

法寶	功用
★保留噴霧 （保留法）	凡古代和現代意義相同的字詞，或是古代的人名、地名、書名、官職、年號、度量衡單位等，都予以保留。
★ 擴詞器 （擴詞法）	古代以單音詞為主，把單音詞擴展為雙音詞，就會更易明白。
★ 替換槍 （替換法）	可用於理解一詞多義、通假字、古今義、詞類活用、修辭等。 • 選出適當的義項，幫助正確理解。 • 用本字替換通假字，例如用「返」代「反」。 • 替換古今詞義發生變化的詞，例如「嬰兒」古代指「小孩」，理解時按古義才能正確讀通。 • 古代有詞類活用的現象，要按上下文找出合適的詞類，才能正確理解。 • 古代常用借代等修辭手法，例如「黃髮、垂髫」指老人和小孩，閱讀時加以注意才能正確理解。 • 以今詞語替換古詞語，例如用「豬」代替古字「彘」。
★音義魔箭 （音義法）	針對一字多音，選出適當的義項，幫助正確理解。
★增補黏土 （增補法）	文言文語言簡潔，常有省略（包括主語、謂語、賓語等），要找出省略的成分才能準確理解上下文。
★ 刪減斧 （刪減法）	有些文言虛詞在句子中只擔起語法的作用，可以不譯，解讀時可以減去。
★ 調整尺 （調整法）	古代有些句子語序和現代不同，包括「倒裝句」、「互文見義」等，理解時要加以調整。

★ 為本冊使用的法寶。

本冊各篇章文言重點

主題	篇名	作者／出處	保留噴霧（保留法）	擴詞器（擴詞法）	替換槍（替換法）
勤學有功	二子學弈	孟子	●	●	●
	為學（節錄）	彭端淑	●	●	●
	一年之計	管子		●	●
立身處世	東施效顰	莊子			●
	染絲	墨子		●	●
	塞翁失馬	劉安《淮南子》		●	●

音義魔箭（音義法）	增補黏土（增補法）	刪減斧（刪減法）	調整尺（調整法）	文言知識
●			●	• 一字多音：為、與 • 指示代詞：是、然
●	●			• 一詞多義：之、去
				• 詞類活用：樹 • 文言虛詞：者
			●	• 詞類活用：美 • 古今義：妻子
	●	●		• 一詞多義：獨
●				• 一字多音：塞、將 • 一詞多義：亡

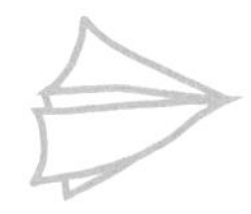

主題	篇名	作者／出處	保留噴霧（保留法）	擴詞器（擴詞法）	替換槍（替換法）
奇聞故事	孫叔敖埋兩頭蛇	王充《論衡》		●	●
	周處除三害	劉義慶《世說新語》		●	●
	閔子騫童年	《敦煌變文》		●	●
	摸鐘	沈括《夢溪筆談》	●	●	●
古人價值觀	愛蓮說	周敦頤		●	●
	春夜宴從弟桃花園序	李白		●	●
	朱子家訓（節錄）	朱柏廬		●	●

音義魔箭（音義法）	增補黏土（增補法）	刪減斧（刪減法）	調整尺（調整法）	文言知識
	●			• **一詞多義**：報、遂
●	●			• **一詞多義**：或 • **一字多音**：說
		●		• **通假字**：取、御 • **一詞多義**：遣
	●			• **一詞多義**：陰、承
●				• **一詞多義**：焉 • **一字多音**：鮮
	●		●	• **一字多音**：夫 • **古今義**： 大塊、文章、季
				• **一詞多義**：質

參考答案

《為學》（節錄）文言尋識（第29-30頁）

「曾子之妻之市」一句中，前一個「之」是助詞「的」，後一個「之」是動詞「前往」的意思。

《一年之計》文言尋識（第36頁）

「弈秋，通國之善弈者也」的「者」字指代人，全句可譯為「弈秋是全國最善於下圍棋的人」。

任務總結一（第38-40頁）

內容理解力

《二子學弈》

1. C
2. 不相伯仲

《為學》（節錄）

1. D　　2. B

《一年之計》

1. C　　2. B

文言解讀力

1. A　　2. C　　3. A　　4. B　　5. C　　6. B

《東施效顰》文言尋識（第46頁）

「吾妻之美我者，私我也」，這裏的「美」本是形容詞，在句中出現在名詞前面，說明已經活用為動詞，意思是「讚美」。

「私」也活用作動詞，表示「偏心、偏愛」的意思。

全句指「我的妻子讚美我，是偏愛我」。

《染絲》文言要識（第52頁）

「獨木不成林」的「獨」是「單獨」的意思。「單絲不成線，獨木不成林」，指一根絲不能織成一條線，一棵樹不能成為一片樹林，比喻力量單薄，無法成事。

《塞翁失馬》文言要識（第61頁）

「亡羊補牢，未為晚也」的「亡」是「丟失、失掉」的意思。

任務總結二（第63-66頁）

內容理解力

《東施效顰》

1. D　2. A　3. C

《染絲》

1. B
2. 管治國家
3. 赤；黑

《塞翁失馬》

1. D　2. B

文言解讀力

1. C　2. B　3. B　4. A　5. B　6. A　7. B
8. C　9. A　10. C

《孫叔敖埋兩頭蛇》文言要識（第74頁）

「遂還讀卒業」的「遂」可譯為「於是、就」，這句的意思是「於是回去讀書，完成學業」。

《周處除三害》文言要識（第83頁）

「不亦説乎」的「説」即「快樂」，後來寫作「悦」，粵語裏讀「悦」，普通話讀yuè。全句意思是：「學習並時常複習，不也很快樂嗎？」

《閔子騫童年》文言要識（第90頁）

「顧反為女殺彘」的第一個通假字是「反」，通「返」字，意思是「返回」。第二個通假字是「女」，通「汝」字，意思是「你」。

《摸鐘》文言要識（第98頁）

「承上啟下」的「承」字意思是「承接」。

任務總結三（第100-104頁）

內容理解力

《孫叔敖埋兩頭蛇》

1. B　2. A　3. C

《周處除三害》

1. C　2. D　3. C

《閔子騫童年》

1. D
2. 蘆葦花絮；不能保暖
3. C

《摸鐘》

1. A　2. B　3. D

文言解讀力

1. C　2. A　3. B　4. C　5. A　6. C
7. C　8. A　9. B　10. B　11. A　12. C

《愛蓮說》文言辱識（第113頁）

「鮮為人知」的「鮮」意思是「少」，粵語裏讀「癬」，普通話讀xiǎn。

《春夜宴從弟桃花園序》文言辱識（第120頁）

「夫市之無虎明矣」的「夫」是語氣詞，用於句首，引領下文的議論，不用譯出。「夫」在粵語裏讀「扶」，普通話讀fú。

《朱子家訓》（節錄）文言辱識（第127頁）

「龐葱與太子質於邯鄲」這句裏，「質」的意思是把人作為抵押品，即「作人質」。這裏的「質」字在粵語裏讀「置」，普通話讀zhì。

任務總結四（第129-132頁）

內容理解力

《愛蓮説》

1. C　2. B　3. D

《春夜宴從弟桃花園序》

1. C　2. B　3. A

《朱子家訓》（節錄）

1. D　2. C　3. C

文言解讀力

1. C　2. B　3. C　4. C　5. B　6. B
7. A　8. C

小學文言文解讀策略 高階篇 1

作　　者：梁美玉
插　　圖：卡　拿
責任編輯：陳友娣
美術設計：劉麗萍
出　　版：新雅文化事業有限公司
香港英皇道499號北角工業大廈18樓
電話：（852）2138 7998
傳真：（852）2597 4003
網址：http://www.sunya.com.hk
電郵：marketing@sunya.com.hk
發　　行：香港聯合書刊物流有限公司
香港荃灣德士古道220-248號荃灣工業中心16樓
電話：（852）2150 2100
傳真：（852）2407 3062
電郵：info@suplogistics.com.hk
印　　刷：中華商務彩色印刷有限公司
香港新界大埔汀麗路36號
版　　次：二〇二一年九月初版
二〇二四年一月第二次印刷

ISBN: 978-962-08-7821-3

18/F, North Point Industrial Building, 499 King's Road, Hong Kong
Published in Hong Kong SAR, China
Printed in China